HÉSIODE ÉDITIONS

BARBEY D'AUREVILLY

# Une histoire sans nom

Hésiode éditions

© Hésiode éditions.

1 rue Honoré - 93500 Pantin.
ISBN 978-2-493135-48-3
Dépôt légal : Septembre 2022

*Impression Books on Demand GmbH*

*In de Tarpen 42*
*22848 Norderstedt, Allemagne*

# Une histoire sans nom

# I

Dans les dernières années du dix-huitième siècle qui précédèrent la Révolution française, au pied des Cévennes, dans une petite bourgade du Forez, un capucin prêchait entre vêpres et complies. On était au premier dimanche du Carême. Le jour s'en venait bas dans l'église, assombrie encore par l'ombre des montagnes qui entourent et même étreignent cette singulière bourgade, et qui, en s'élevant brusquement au pied de ses dernières maisons, semblent les parois d'un calice au fond duquel elle aurait été déposée. À ce détail original, on l'aura peut-être reconnue... Ces montagnes dessinaient un cône renversé. On descendait dans cette petite bourgade par un chemin à pic, quoique circulaire, qui se tordait comme un tire-bouchon sur lui-même et formait au-dessus d'elle comme plusieurs balcons, suspendus à divers étages. Ceux qui vivaient dans cet abîme devaient certainement éprouver quelque chose de la sensation angoissée d'une pauvre mouche tombée dans la profondeur – immense pour elle – d'un verre vide, et qui, les ailes mouillées, ne peut plus sortir de ce gouffre de cristal... Rien de plus triste que cette bourgade, malgré le vert d'émeraude de sa ceinture de montagnes boisées et les eaux courantes qui en ruissellent de toutes parts, charriant des masses de truites dans leurs bouillons d'argent. Il y en a tant qu'on pourrait les prendre avec la main... La Providence a voulu que, pour les raisons les plus hautes, l'homme aimât la terre où il est né, comme il aime sa mère, fût-elle indigne de son amour. Sans cela, on ne comprendrait guère que des hommes à large poitrine, ayant besoin de dilatation au grand air, d'horizon et d'espace, pussent rester claquemurés dans cet étroit ovale de montagnes, qui semblent se marcher sur les pieds tant elles sont pressées les unes contre les autres ! sans monter plus haut pour respirer ; et l'on pense involontairement aux mineurs qui vivent sous la terre, ou à ces anciens captifs des cloîtres qui priaient pendant des années, engloutis dans de ténébreuses oubliettes. Pour mon compte, j'ai vécu là vingt-huit jours à l'état de Titan écrasé, sous l'impression physiquement pesante de ces insupportables montagnes ; et, quand j'y pense, il me semble que j'en sens toujours le poids sur mon cœur.

Noire déjà par le fait du temps, car les maisons y sont anciennes, cette bour-gade, qu'on dirait un dessin à l'encre de Chine et où la Féodalité a laissé quelques ruines, se noircit encore noir sur noir de l'ombre perpendiculaire des monts qui l'enveloppent, comme des murs de forteresse que le soleil n'escalade jamais. Ils sont trop escarpés pour qu'il puisse passer par-des-sus et lancer dans le trou qu'ils font un bout de rayon. Quelquefois, à midi, il n'y fait pas jour. Byron aurait écrit là sa Darkness. Rembrandt y aurait mis ses clairs-obscurs, ou, plutôt, il les y aurait trouvés. L'été, quand le jour est beau, les habitants s'en doutent peut-être en regardant la lucarne bleue qu'ils ont à mille pieds au-dessus de leurs têtes. Mais, ce jour-là, la lucarne n'avait pas de bleu. Elle était grise. Les nuages appesantis la fer-maient comme un cercle de fer. La bouteille avait son bouchon.

En ce moment, toute la population de la bourgade était à l'église, une église austère du XIIIe siècle, où des yeux de lynx, s'il y en avait eu, n'auraient pu lire leurs vêpres, dans ce chien et loup d'un soir d'hiver, mais où il y avait encore plus de loup que de chien.

Les cierges, selon l'usage, avaient été éteints au commencement du ser-mon, et la foule, pressée comme des tuiles sur les toits, n'était pas plus visible au prédicateur que lui, détaché d'elle et plus élevé qu'elle dans sa chaire, ne lui était visible de là-haut..:

Seulement, si on ne le voyait pas très bien, on l'entendait. « Les capucins ne nasillent qu'au chœur », disait l'ancien proverbe. La voix de celui-ci était vibrante et d'un timbre fait pour annoncer les vérités les plus terribles de la religion. Et, ce jour-là, il les annonçait. Il prêchait sur l'Enfer. Tout, dans cette église sévère de style et où la nuit entrait lentement, vague par vague, plus profonde de minute en minute, donnait un très grand caractère à la parole de ce prédicateur. Les statues des saints, alors voilées sous les draperies dont on les couvre pendant le Carême, ressemblaient à de mys-térieux et blancs fantômes, immobiles le long de leurs murs blancs, et le prédicateur, dont la silhouette indistincte s'agitait sur le blanc pilier contre lequel la chaire était adossée, en semblait un autre. On eût dit un fantôme prêchant des fantômes. Même cette voix tonnante, d'une si puissante réalité et qui semblait n'appartenir à personne, en paraissait d'autant plus la voix du Ciel...

L'impression de tout cela saisissait ; et l'attention était si profonde et le silence si grand, que quand le prédicateur se taisait, un instant, pour reprendre haleine, on entendait du dehors dans l'église le petit bruit des sources qui filtraient de partout le long des montagnes dans ce pays plein de soupirs, et qui ajoutait à la mélancolie de ses ombres la mélancolie de ses eaux.

Assurément, l'éloquence de l'homme qui parlait, à cette heure-là, dans cette église, tenait aux choses ambiantes que je viens de décrire ; mais sait-on jamais bien où est l'éloquence ?... En l'écoutant, toutes les têtes étaient penchées sur les poitrines, toutes les oreilles étaient tendues vers cette voix qui planait, comme la foudre, sous ces voûtes émues.

Deux de ces têtes, seulement, au lieu d'être penchées, se relevaient un peu vers le prédicateur, perdu dans la pénombre, et faisaient d'incroyables efforts pour le voir. C'étaient les têtes de deux femmes, la mère et la fille -, qui devaient avoir le prédicateur à collationner chez elles après le sermon, ce soir-là, et qui étaient curieuses de voir leur convive. Dans ce temps-là, si on se le rappelle, c'étaient toujours des religieux étrangers, appartenant à quelque ordre lointain, qui prêchaient le Carême dans toutes les paroisses du royaume. Le peuple, qui donne des noms à tout, en vrai poète qu'il est sans le savoir, appelait ces religieux errants : « . des hirondelles de Carême ». Or, quand une de ces hirondelles de Carême s'abattait dans quelque ville ou quelque bourgade, on lui faisait son nid dans une des meilleures maisons de l'endroit. Les familles riches et religieuses aimaient à exercer cette hospitalité, et dans la province, où la vie est si monotone, c'était un intérêt animé pour elles que ce prédicateur de chaque année qui apportait avec lui le charme de l'inconnu et le parfum de lointain que les âmes isolées

11

aiment à respirer. Les plus grandes séductions peut-être que l'histoire des passions pourrait raconter, ont été accomplies par des voyageurs qui n'ont fait que passer et dont cela seul fut la puissance... L'austère capucin qui parlait alors de l'Enfer, avec une énergie de parole qui rappelait le formidable Bridaine, ne paraissait pas fait pour semer dans les âmes autre chose que la crainte de Dieu, et il ne savait pas, et les deux femmes qui voulaient le voir ne savaient pas non plus, que l'Enfer qu'il prêchait, il allait le leur laisser dans le cœur.

Mais ce soir-là, ces deux femmes furent trompées dans leur petite curiosité de femmes de province. Quand elles sortirent de l'église, elles n'eurent aucune observation à se communiquer sur ce terrible prédicateur d'un dogme terrible, si ce n'est sur son talent, qu'elles trouvèrent grand. Elles n'avaient pas, se dirent-elles, à la sortie de l'église, en s'entortillant dans leurs pelisses, entendu jamais mieux prêcher une Ouverture de Carême. Elles étaient dévotes, pieuses comme des anges, selon la sacramentelle expression.

C'étaient Mme et Mlle de Ferjol. Elles rentrèrent chez elles très animées. Les années précédentes, elles avaient vu et logé beaucoup de prédicateurs : des génovéfains, des prémontrés, des dominicains et des eudistes, mais de capucin, jamais ! Personne de cet ordre mendiant de saint François d'Assise, dont le costume et le costume préoccupe toujours plus ou moins les femmes est si poétique et si pittoresque.

La mère, qui avait voyagé, en avait vu dans ses voyages, mais la fille, qui n'avait que seize ans, ne connaissait de capucin que celui qui faisait baromètre au coin de la cheminée de la salle à manger de sa mère, ce vieux système de baromètre d'une bonhomie si charmante, et qui, comme tant de choses charmantes, marquées du caractère d'un autre temps, n'existe plus !

Mais celui qui se fit annoncer et qui entra dans la salle à manger où les dames de Ferjol l'attendaient pour souper, ne ressemblait nullement au capucin de baromètre qui s'encapuchonnait à la pluie et se désencapuchonnait au beau temps. C'était un autre type que la joyeuse silhouette inventée par la moqueuse imagination de nos pères. Dans cette gauloise France, même en des jours de foi, on a beau coup ri du moine et du capucin, mais surtout du capucin. Plus tard, à une époque moins fervente, cet aimable et mauvais sujet de Régent, qui se riait de tout, ne demandait-il pas à un capucin qui se disait indigne : « Eh ! de quoi diable es-tu digne, si tu n'es pas digne d'être capucin ? » Le XVIIIe siècle, qui méprisait l'Histoire comme Mirabeau, et à qui l'Histoire le rendra bien, comme à Mirabeau, avait oublié que Sixte-Quint, le sublime porcher de Montalto, avait été capucin, et toute sa vie de siècle, il chansonna les capucins et les cribla d'épigrammes. Mais celui qui, ce soir-là, parut devant ces dames de Ferjol, n'aurait prêté ni à la moindre épigramme ni au moindre couplet de chanson. Il était de grande et imposante tournure, et puisque le monde aime l'orgueil, son regard, qui ne demandait pas qu'on l'excusât d'être capucin, n'avait rien de l'humilité volontaire de son ordre. Son geste non plus. Il devait avoir l'air de commander l'aumône, en tendant la main. Et quelle main ! d'un galbe superbe, sortant de sa grande manche avec un éclat de blancheur qui sautait aux yeux, étonnés de cette main, royale de beauté, tendue si impérieusement à l'aumône. C'était un homme du milieu de la vie, robuste, à barbe courte, frisée comme celle de l'Hercule antique et d'une couleur foncée de bronze. On eût dit Sixte-Quint obscur, à trente ans. Agathe Thousard, la vieille servante des dames de Ferjol, venait, selon l'usage respectueux des maisons pieuses, de lui donner à laver ses pieds dans le corridor, et ses pieds, qui sortaient de l'eau, luisaient dans ses sandales comme des pieds de marbre ou d'ivoire, sculptés par Phidias.

Il salua très noblement ces dames, à l'orientale, les bras croisés sur sa poitrine, et pour personne, même pour Voltaire, il n'aurait mérité ce nom méprisant de « frocard » qu'on donnait alors aux gens de sa robe.

Quoique les boutons rouges du cardinalat ne dussent jamais étoiler son froc, il semblait fait pour les porter.

Ces dames, qui ne connaissaient de lui que sa voix de prédicateur, tombant de la chaire dans cette église où pleuvaient les ténèbres du soir, trouvèrent, quand elles le virent, que sa personne faisait bien un avec sa voix. Comme on était en Carême et que cet homme de pauvreté et d'abstinence allait le représenter plus particulièrement, puisqu'il allait le prêcher, on lui offrit la collation obligée du Carême, composée de haricots à l'huile, de salade de céleri et de betteraves mêlée à des anchois, à du thon et à des huîtres marinées en baril. Il y fit honneur, mais il repoussa le vin qu'on lui présenta, quoique ce fût du vin catholique, un vieux Château du Pape. Il parut à ces dames avoir l'esprit et la gravité de son état, sans affectation et sans papelardise. Quand il eut rabattu sur ses épaules le capuchon avec lequel il était entré, il laissa voir un cou de proconsul romain et un crâne énorme, brillant comme une glace et cerclé d'une légère couronne, bronzée comme sa barbe et frisée comme elle.

Tout ce qu'il dit à ces deux femmes qui allaient l'héberger, fut d'un homme qui avait l'habitude de ces hospitalités faites par les plus hautes compagnies à ces mendiants de Jésus-Christ qui n'étaient jamais déplacés dans quelque milieu que ce pût être, et que la religion mettait de pair avec les plus élevés de ce monde. Il ne fut cependant sympathique ni à l'une ni à l'autre de ces dames de Ferjol. Elles estimèrent qu'il manquait de la simplicité et de la rondeur qu'elles avaient rencontrées chez d'autres prédicateurs de Carême, logés chez elles les années précédentes. Lui, il imposait et presque indisposait. Pourquoi ne se sentait-on pas à l'aise en sa présence ?... Il était impossible de s'en rendre compte ; mais il y avait dans le regard hardi de cet homme et surtout dans l'arc de sa bouche, sous la moustache de sa barbe courte, une incroyable et inquiétante audace... Il semblait un de ces hommes dont on peut dire : « Il était capable de tout. » Ce fût en le regardant, un soir, sous l'abat-jour de la lampe, après souper, quand une espèce de familiarité se fut établie entre lui et les femmes dont il était le commensal, que Mme de Ferjol lui dit pensivement : « Quand on

14

vous regarde, mon Père, on est presque tenté de se demander ce que vous auriez été si vous n'aviez été un saint homme. » Il ne fut point choqué de cette observation. Il en sourit.

Mais de quel sourire... Mme de Ferjol n'oublia jamais ce sourire, qui, quelque temps après, devait enfoncer dans son âme une si épouvantable conviction.

Mais, malgré ce mot plus fort qu'elle et qui lui avait échappé, Mme de Ferjol n'eut point, pendant les quarante jours qu'il passa chez elle, la moindre chose à reprocher à ce capucin, d'une physionomie si peu en harmonie avec l'humilité de son état. Langage et tenue, tout fut en lui irréprochable. « Il serait peut-être mieux à la Trappe que dans un couvent », disait quelquefois Mme de Ferjol à sa fille, quand elles étaient seules et qu'elles s'entretenaient de leur hôte et de son audacieuse physionomie. La Trappe, dans l'opinion du monde, est surtout faite, avec son silence et la férocité de sa règle, pour les pécheurs qui ont quelque grand crime à expier. Mme de Ferjol avait un esprit pénétrant. Quoiqu'elle fût dans la plus haute dévotion depuis des années, sa charité de dévote n'empêchait pas sa pénétration de femme du monde de s'exercer. Spirituelle, très capable d'apprécier la grande éloquence du Père Riculf un nom du Moyen Âge, qui, du reste, lui allait bien -, elle n'était cependant pas plus entraînée par cette éloquence que par l'homme qui en était doué. À plus forte raison sa jeune fille, que cette dure éloquence faisait trembler... Ni le talent ni l'homme n'étaient adhérents à ces deux femmes, et pour cette raison, elles n'allèrent point à confesse à lui, comme les autres femmes de la bourgade, qui s'en affolèrent. C'est assez la coutume, dans les villes religieuses, de quitter son confesseur pendant les missions qu'on y fait et de prendre le missionnaire qui passe... On se donne alors le luxe très bien porté d'un confesseur ordinaire et d'un confesseur extraordinaire. Tout le temps qu'il prêcha son Carême, le confessionnal du P. Riculf ne désemplit pas des femmes de la bourgade, et les dames de Ferjol furent peut-être les seules qu'on n'y vit pas. Cela étonna tout le monde. Dans l'église, comme chez elles, il y avait, pour les dames de Ferjol, un cercle autour de cet isolant capucin, et elles s'arrêtaient à la circonférence de ce cercle, inexplicablement mystérieux. Sentaient-elles, d'avertissement intérieur, car nous avons tous notre démon de Socrate, qu'il allait leur devenir fatal ?...

## II

La baronne de Ferjol n'était point de ce pays, qu'elle n'aimait pas... Elle était née au loin. C'était une fille noble de race normande, qu'un mariage, qui avait été une folie d'inclination, avait jetée dans ce « trou de formica-léo », – comme elle disait dédaigneusement, en pensant aux horizons et aux luxuriants paysages de son opulent pays... Seulement, le formicaléo, c'était l'homme qu'elle aimait, et le trou dans lequel il l'avait précipitée, l'amour, pendant des années, l'avait élargi et rempli de son agrandissante lumière. Heureuse chûte ! Elle était tombée là parce qu'elle aimait. La baronne de Ferjol, de son nom Jacqueline-Marie-Louise d'Olonde, s'était éprise du baron de Ferjol, capitaine au régiment de Provence (infanterie), dont le régiment, dans les dernières années du règne de Louis XVI, avait fait partie du camp d'observation dressé sur le mont de Rauville-la-Place, à trois pas de la rivière la Douve et de Saint-Sauveur-le-Vicomte, qui ne s'appelle plus maintenant que Saint-Sauveur-sur-Douve, comme on dit Strafford-sur-Avon. Ce petit camp, dressé là en prévision d'une descente des Anglais sur la côte qui menaçait alors le Cotentin, n'était composé que de quatre régiments d'infanterie, placés sous le commandement du lieutenant-général marquis de Lambert. Ceux-là qui auraient pu en garder le souvenir sont morts depuis longtemps, et l'immense bruit de la Révolution française, passant par-dessus cet infiniment petit de l'Histoire, l'a fait oublier. Mais ma grand-mère, qui avait vu ce camp, et qui en avait reçu somptueusement tous les officiers chez elle, en parlait encore dans mon enfance avec l'accent qu'ont les vieilles gens, quand ils parlent des choses qu'ils ont vues. Elle avait fort bien connu le baron de Ferjol, qui avait tourné la tête à mademoiselle Jacqueline d'Olonde, en dansant avec elle, dans les meilleures maisons de Saint-Sauveur, petite ville de noblesse et de haute bourgeoisie, où l'on dansait beaucoup alors. Il était, disait-elle, très beau, ce baron de Ferjol, dans son uniforme blanc, à collet et à parement bleu céleste. Blond, d'ailleurs, et les femmes prétendent que le bleu est le fard des blonds. Ma grand'mère ne s'étonnait donc pas que M. de Ferjol eût tourné la tête à Mlle d'Olonde ; et, de fait, il la lui avait tournée, et si bien, qu'un jour elle s'était fait enlever par lui, cette fille qu'on disait si fière ! Dans ce temps-là, il y avait encore des enlèvements dans le monde, avec la poésie de la chaise de poste et la dignité du danger et des coups de pistolet aux portières. À présent, les amoureux ne s'enlèvent plus. Ils s'en vont prosaïquement ensemble, dans un confortable wagon de chemin de fer, et ils reviennent, après « le petit badinage consommé », comme dit Beaumarchais, aussi bêtement qu'ils étaient partis, et quelquefois beaucoup plus... C'est ainsi que nos plates mœurs modernes ont supprimé les plus belles et les plus charmantes folies de l'amour ! Après l'éclat d'un enlèvement qui fit un épouvantable scandale dans la société réglée, morale, religieuse, même un peu janséniste, et qui n'a pas, du reste, beaucoup changé depuis ce temps-là, les tuteurs de Mlle d'Olonde, laquelle était orpheline, n'hésitèrent plus. Ils consentirent à son mariage avec le baron de Ferjol, qui l'emmena dans les Cévennes, son pays natal.

Malheureusement, le baron mourut jeune. Il laissa sa femme au fond de cet entonnoir de montagnes qu'il avait agrandi de sa présence et de son amour, et dont les parois, se resserrant autour d'elle, jetèrent sur son cœur en deuil comme un voile noir de plus. Elle resta pourtant courageusement dans cet abîme. Elle n'essaya point de remonter la pente escarpée de ces étouffantes montagnes pour retrouver un peu de ciel sur la tête, quand elle n'en avait plus dans le cœur.

Malheureuse, elle se tapit dans son gouffre, comme dans la douleur de son veuvage. Un moment, elle pensa, il est vrai, à retourner en Normandie, mais l'idée de son enlèvement et du mépris qu'elle y retrouverait peut-être, l'en empêcha. Elle ne voulut pas revenir se blesser aux vitres qu'elle avait cassées. Son âme altière avait horreur du mépris. Positive comme sa race, elle se préoccupait assez peu de la poésie des choses extérieures. Quand cette poésie lui manquait, elle n'en souffrait pas. Ce n'était point une âme rêveuse, inclinée aux nostalgies. C'était, au contraire, une âme robuste et raisonnable, quoique ardente...

Ardente ! Son mariage ne l'avait que trop prouvé.

Mais son ardeur était concentrée, et lorsque, après la mort de son mari, elle fut devenue pieuse, de cette piété que les confesseurs appellent « intérieure », elle tourna tout à coup au sévère. La triste bourgade où elle était internée lui paraissait aussi bonne pour y vivre que pour y mourir. Ombrée par les montagnes qui la surplombent, cette bourgade encadrait très bien sa personne. À portrait sombre, cadre sombre. La baronne de Ferjol, âgée : d'un peu plus de quarante ans, était une grande brune maigre dont la maigreur semblait éclairée en dessous d'un feu secret, brûlant comme sous la cendre, dans la moelle de ses os...
Belle, les femmes disaient qu'elle l'avait été autrefois -, mais agréable, non ! ajoutaient-elles avec le plaisir que leur causent, d'ordinaire, ces atténuations.

Sa beauté, qui n'avait été désagréable, du reste, aux autres femmes, que parce qu'elle avait été écrasante, elle l'avait enterrée avec l'homme qu'elle avait éperdument aimé ; et, lui disparu, cette coquette pour lui seul n'y pensa jamais plus ! Il avait été l'unique miroir dans lequel elle se fût admirée.. Et quand elle eut perdu cet homme pour elle, l'univers ! elle reporta l'ardeur de ses sentiments sur sa fille. Seulement, comme par l'effet d'une pudeur farouche qu'ont parfois ces natures ardentes, elle n'avait pas toujours montré à son mari les sentiments par trop violents et par trop... turbulents qu'il lui inspirait, elle ne les montra pas davantage à cette enfant qu'elle aimait encore plus parce qu'elle était la fille de son mari que parce qu'elle était la sienne, à elle plus épouse que mère jusque dans sa maternité ! Mme de Ferjol avait, sans l'affecter et même sans le savoir, avec sa fille comme avec le monde, une espèce de majesté rigide dont sa fille et le monde subissaient également l'empire. Quand on la regardait, on s'expliquait très bien cet ascendant sans sympathie. Pour qu'elle fût sympathique, il y avait en Mme de Ferjol quelque chose de trop impérieux, de trop despotique, de trop romain, jusque dans son buste de matrone, dans la fière arcure de son profil, et dans cette masse de cheveux noirs largement empâtés de blanc sur des tempes qu'ils rendaient plus austères et presque cruelles, et qui semblaient, ces impitoyables blancheurs, avoir eu des griffes pour s'accrocher et rester là obstinément sur ses résistantes épaisseurs d'ébène.

Tout cela était à faire crier les âmes communes, qui voudraient que tout fût commun comme elles, mais les peintres et les poètes auraient, eux, raffolé de cette hâve tête de veuve qui leur eût rappelé tout au moins la mère de Spartacus ou de Coriolan et, bêtise amère de la Destinée ! la femme de cette tête énergique et désolée qui faisait l'effet d'avoir été créée pour dompter les plus fiers rebelles et commander à des héros au nom de leurs pères, n'avait à conduire et à diriger dans la vie qu'une pauvre fille innocente.

Rien de plus innocent, en effet, et de plus fillette.

Lasthénie de Ferjol (Lasthénie ! un nom des romances de ce temps-là ; car tous nos noms viennent des romances chantées sur nos berceaux !), Lasthénie de Ferjol sortait à peine de l'enfance. Elle avait vécu, sans la quitter un seul jour, dans cette petite bourgade du Forez, comme une violette au pied de ces montagnes dont les flancs d'un vert glauque ruissellent de mille petits filets d'eaux plaintives. Elle était le muguet de cette ombre humide ; car le muguet aime l'ombre : il croît mieux dans les coins des murs de nos jardins où le soleil ne filtre jamais. Lasthénie de Ferjol avait la blancheur de cette fleur pudique de l'obscurité et elle en avait le mystère. C'était en tout l'opposé de sa mère, par le caractère et par la physionomie. En la voyant, on s'étonnait que cette faiblesse eût pu sortir de cette force. Elle ressemblait au verdissant feuillage qui attend le chêne auquel il doit s'enlacer...

Que de jeunes filles qui, dans la vie, rampent sur le sol comme des guirlandes tombées, et qui, plus tard, s'élancent et se tordent autour du tronc aimé et prennent alors leur vraie beauté de lianes ou de guirlandes, qui ont besoin de se suspendre à un arbre humain dont elles seront, un jour, la parure et l'orgueil !

Lasthénie de Ferjol avait une de ces figures que le monde trouve plus jolies que belles mais il est vrai que le monde ne s'y connaît pas !... De taille ronde et mince, combinaison qui fait les femmes accomplies, c'était, de cheveux, une blonde comme son père, l'idéal baron qui mettait parfois de la poudre rose dans les siens, une fantaisie efféminée de ce temps, et que, depuis, au commencement du siècle, se permettait encore l'abbé Delille, malgré sa laideur, qui était atroce. Lasthénie, elle, n'y avait d'autre poudre que la cendre naturelle du plumage de la tourterelle, à la fauve mélancolie. Les yeux de cette tête cendrée, encadrés dans la blancheur mate du muguet, qui ressemble à de la porcelaine, apparaissaient grands et brillants comme de fantastiques miroirs, et leur éclat verdâtre rappelait celui de certaines glaces à reflets étranges, dus peut-être à la profondeur de leur pureté.

Ces yeux de vert-gris pâle, qui est la nuance de la feuille du saule, l'ami des eaux ! se voilaient de longs cils d'or bruni, qui traînaient longuement sur ses belles joues pâles, et tout en elle était de la lenteur de ces cils. La langueur de sa démarche était de la langueur de ses paupières. Je n'ai connu dans toute ma vie qu'une seule personne de ce charme alangui, et jamais je ne l'oublierai... C'était une céleste boiteuse.

Lasthénie ne boitait pas, mais elle avait l'air de boiter.

Elle avait ce mouvement charmant des femmes qui boitent légèrement et qui impriment à leur robe, à magie ! de si adorables ondulations. Elle respirait, enfin, dans tout son être, cette faiblesse divine devant laquelle les hommes forts et généreux et plus ils sont mâles ! -s'agenouilleront toujours.

Elle aimait sa mère, mais elle la craignait. Elle l'aimait comme certains dévots aiment Dieu, avec tremblement. Elle n'avait pas, elle ne pouvait avoir avec sa mère les abandons et la confiance que les mères qui débordent de tendresse inspirent à leurs enfants. L'abandon était pour elle impossible avec la sienne, avec cette femme imposante et morne, qui semblait vivre dans le silence du tombeau de son mari refermé sur elle. Ainsi refoulée, cette rêveuse au front gros d'inexprimables rêves, et qui se penchait sous leur poids sans croire avoir besoin de les cacher, vivait dans la sobre lumière qui tombait sur elle, en ce fond de coupe dont les bords étaient des montagnes ; mais elle y vivait plus encore dans ses pensées, comme dans d'autres montagnes, et dans celles-ci comme dans les autres il n'y avait pas de chemins en spirale par lesquels on eût pu descendre...

Elle était cachée, mais pourtant elle était ingénue.

Seulement, l'ingénuité, chez elle, il aurait fallu la chercher au fond de son âme et l'en faire jaillir comme on fait jaillir du fond d'une eau pure la perle d'écume qui ne monte, en bouillonnant à la surface, que quand on y plonge un vase ou la main,.. Personne n'avait jamais songé à plonger dans l'âme de Lasthénie. Sa mère l'adorait, mais surtout parce qu'elle ressemblait à l'homme qu'elle avait aimé avec un si grand entraînement. Elle jouissait de sa fille en silence. Elle s'en repaissait sans rien dire. Moins pieuse, moins rigide, se défiant moins d'une ardeur de sentiment qu'elle se reprochait comme trop intense et trop humaine, elle l'aurait mangée de caresses, et lui aurait entrouvert sous ses baisers ce cœur né timide, et fermé comme un bouton de fleur qui ne devait peut-être jamais s'ouvrir. Mme de Ferjol était sûre du sentiment qu'elle avait pour sa fille, et cela lui suffisait. Elle pensait que son mérite devant Dieu, à elle, était de contenir le flot d'une tendresse qui ne demandait que trop à déborder. Mais en se contenant, du même coup (le savait-elle bien ?), elle contenait celui de sa fille. Elle mettait la main, comme un mur, sur cette source de sentiments qui cherchaient leur lit dans le cœur maternel, et qui, ne le trouvant pas, refluèrent... Hélas ! la loi qui régit les sentiments de nos cœurs est plus cruelle que la loi qui régit les choses. Une fois écartée la main qui faisait mur et s'opposait à son jaillissement, la source repart, délivrée de l'obstacle, et recommence de plus en plus impétueusement à couler, tandis qu'il arrive toujours un moment dans nos âmes où les sentiments qu'on y a contenus s'y résorbent et ne reparaissent plus quand on voudrait les voir reparaître, de même que le sang, qui, dans les cas mortels, s'épanche à l'intérieur et ne coule plus par la plaie ouverte. Et encore, le sang, on peut l'aspirer en suçant fortement la blessure, mais les sentiments gardés trop longtemps au-dedans de nous semblent s'y coaguler, et on ne les fait plus recouler, même en les aspirant par la blessure qu'on a faite.

Ainsi, quoiqu'elles ne se fussent jamais quittées, quoique toujours ensemble dans les menus détails de la vie, ces deux femmes, qui s'aimaient pourtant, étaient seules et leur isolement n'était qu'un isolement partagé. Mme de Ferjol, qui était une âme forte et qui voyait toujours dans sa pensée, hallucinée par le souvenir, l'homme qu'elle avait aimé avec une ardeur qui maintenant lui semblait coupable, était moins victime de cet isolement que Lasthénie. Mais pour Lasthénie, qui n'avait point de passé, qui arrivait à la vie sensible, à l'épanouissement des facultés qui dorment encore, mais qui vont s'éveiller, cet isolement était bien plus profond que pour sa mère. Elle en souffrait vaguement, il est vrai, comme d'un malaise bien plus que comme d'une douleur, parce qu'en elle tout était encore vague ; mais cela allait se préciser... Elle en avait toujours souffert plus ou moins depuis le berceau jusqu'à cette heure de la vie, mais la misère de la condition humaine, c'est de s'accoutumer à tout. Lasthénie s'était accoutumée à la tristesse de son enfance solitaire, comme à la tristesse de ce pays où elle était née et qui lui versait sur la tête sa pauvre goutte de lumière et lui bouchait les horizons avec les parois de ses montagnes, comme elle s'était accoutumée à la triste solitude de la maison maternelle ; car Mme de Ferjol, qui était riche et d'un temps où les classes qui allaient disparaître n'avaient pas cessé d'exister, voyait très peu de ce petit bourg où, de société, il n'y avait vraiment personne pour une femme comme elle.

Quand elle y était arrivée avec le baron de Ferjol, elle était dans l'ivresse d'un tel bonheur qu'elle n'en voulut pas sortir pour le monde. Elle aurait cru qu'on lui eût pris de son bonheur ou qu'on l'aurait profané, si on l'avait regardé de trop près... Et quand ce bonheur fut brisé par la mort de l'homme dont elle avait été éperdue, elle ne chercha chez personne de consolations. Elle vécut seule, sans affectation de solitude ou de chagrin, polie avec les autres, mais de cette froideur souveraine qui éloigne puissamment et doucement, sans blesser. La petite bourgade avait pris très vite son parti de cela. Mme de Ferjol était trop au-dessus des gens de ce bourg pour qu'on pût s'y froisser d'une solitude qu'on expliquait, d'ailleurs, par le chagrin de la mort de son mari. On croyait avec raison qu'elle ne vivait que pour sa fille, et on disait, la sachant riche et qu'elle avait de grands biens en Normandie : « Elle n'est pas d'ici, et quand sa fille sera en âge d'être mariée, elle retournera dans le pays où elle a sa fortune. » Aux alentours, il n'y avait point de partis pour Mlle Lasthénie de Ferjol, et on ne pouvait croire que sa mère voulût se séparer, par le mariage, d'une fille dont elle ne s'était jamais séparée, même pour l'envoyer au couvent de la ville voisine quand il avait fallu s'occuper de son éducation. C'é tait, en effet, Mme de Ferjol qui avait, dans le sens le plus strict du mot, élevé Lasthénie. Elle lui avait appris tout ce qu'elle savait. Il est vrai que c'était peu de chose. Les filles nobles de ce temps-là avaient pour toute instruction de grands sentiments et de grandes manières, et elles s'en contentaient. Lorsqu'une fois elles étaient entrées dans le monde, elles y devinaient tout, sans avoir rien appris. À présent, on leur apprend tout, et elles ne devinent plus rien. On leur oblitère l'esprit avec toutes sortes de connaissances, et on les dispense ainsi d'avoir de la finesse, cette gloire de nos mères ! Mme de Ferjol, certaine qu'en vivant auprès d'elle sa fille aurait toujours bien les sentiments et les manières de sa race, tourna surtout sa jeune tête vers les choses de Dieu. Avec la tendresse innée de son âme, Lasthénie devint facilement pieuse.

Elle chercha dans la prière l'expansion qu'elle n'avait pas avec sa mère ; mais cette expansion devant les autels ne put lui faire oublier l'autre expansion qu'elle n'avait pas... La piété, en cette âme faible et tendre, n'eut jamais assez de ferveur pour lui donner le bonheur qu'elle donne aux âmes véritablement religieuses.

Il y avait dans cette fille, si virginale pourtant, quelque chose de plus ou de moins que ce qu'il faut pour être heureuse seulement en Dieu et par Dieu.

Elle remplissait tous ses devoirs de chrétienne avec la simplicité de la foi. Elle suivait sa mère à l'église, l'accompagnait chez les pauvres que Mme de Ferjol visitait souvent, communiait avec elle, les jours de communion, mais tout cela ne mettait pas sur son front mat le rayon qui sied à la jeunesse. « Tu n'es peut-être pas assez fervente ?... » lui disait Mme de Ferjol, inquiète de cette mélancolie inexplicable avec une vie si pure. Doute et question sévères ! Ah ! cette mère, folle à force de sagesse, eût mieux fait de prendre la tête de son enfant chargée de ce poids invisible qui n'était pas le poids de ses magnifiques cheveux cendrés, et de la lui coucher sur son épaule, cet oreiller de l'épaule d'une mère, si bon aux filles pour s'y dégonfler le front, les yeux et le cœur. Mais elle ne le fit point. Elle se résista à elle-même. Cet oreiller où l'on dit tout, même sans parler, manqua toujours à Lasthénie, – et l'épaule d'une amie, puisqu'elle avait toujours vécu sans autre société que celle de sa mère, ne le remplaça pas... Pauvre isolée qui étouffait d'âme, et qui, au moment où commence cette histoire, ne mourait pas encore de cet étouffement !...

III

Le Carême finissait. Il était dix heures du matin. Ces dames de Ferjol étaient rentrées chez elles après avoir assisté à l'office et au lavement des autels ; car on était au Samedi Saint, qui, comme on sait, est le dernier de la sainte Quarantaine. La maison des dames de Ferjol était sise au

24

centre d'une petite place carrée qui la séparait de cette église du treizième siècle, à la façade romane, dans son écrasement énergique, exprimant si bien l'écrasement du barbare qui s'est jeté à plat ventre, dans une humilité d'épouvante, devant la croix de Jésus-Christ ! Cette place, pavée en têtes de chat, était si étroite que ces dames, qui hantaient incessamment l'église, leur voisine pouvaient la traverser même sans parapluie, lorsqu'il pleuvait. Quant à leur maison, c'était un vaste bâtiment sans style, d'une époque très postérieure à l'église. Les aïeux du baron de Ferjol l'avaient habitée pendant bien des générations, mais elle n'était plus en harmonie avec les besoins du luxe et les mœurs de l'époque (expirante alors) qui avait été le dix-huitième siècle. Habitation antique et incommode, qui eût fait plaisanter les architectes du confort et les architectes de l'agrément ; mais quand on a du cœur, on se moque de toutes les risées et on ne vend pas ces maisons-là ! Pour s'en défaire, il faut la mine, la ruine désespérée, qui vous y force et qui vous en arrache : amère angoisse ! Les coins noirs de ces maisons vieillies, et quelquefois délabrées, qui ont vu nos enfances et dans lesquels les âmes de nos pères sont peut-être tapies, crieraient contre nous, si nous les vendions pour le vulgaire et vil motif qu'elles ne répondent plus au luxe et aux mollesses du siècle... Madame de Ferjol, qui était d'un autre pays que les Cévennes, aurait bien pu se débarrasser de cette grande et vaste maison après la mort de son mari, mais elle aima mieux la garder et y habiter, par respect pour les traditions de famille de ce mari bien-aimé, et aussi parce que cette grande et hagarde maison grise avait pour elle, qui seule les voyait, des murs d'or, comme la Cité céleste, – d'indestructibles et flamboyants murs d'or bâtis dans un jour de bonheur par l'Amour ! Construit dans la pensée d'abriter de longues familles sur lesquelles nos pères avaient la fierté religieuse de compter, et pour des domestiques nombreux, ce grand logis, vidé par la mort, paraissait plus vaste encore depuis qu'il n'était habité que par deux femmes qui se perdaient dans son espace. Il était froid, sans aucune bonhomie, imposant, parce qu'il était spacieux, et que l'espace fait la majesté des maisons comme des paysages ; mais, tel qu'il était, ce logement, qu'on appelait dans le bourg l'Hôtel de Ferjol, impressionnait fortement l'imagination de tous ceux qui le visitaient, par ses hauts plafonds, ses corridors entrecoupés et son étrange escalier, raide comme l'escalier d'un clocher et d'une telle largeur que quatorze hommes à cheval y pouvaient tenir et monter de front ses cent marches. La chose avait été vue, disait-on, au temps de la guerre des Chemises blanches et de Jean Cavalier... C'est dans ce grandiose escalier, qui semblait n'avoir pas été bâti pour la maison, mais qui était peut-être tout ce qui restait de quelque château écroulé et que le malheur des temps et de la race qui aurait habité là n'avait pas pu relever tout entier dans sa primitive magnificence, que la petite Lasthénie, sans compagnes et sans les jeux qu'elle eût partagés avec elles, isolée de tout par le chagrin et l'âpre piété de sa mère, avait passé bien des longues heures de son enfance solitaire... La rêveuse naissante sentait-elle mieux dans le vide de cet immense escalier l'autre vide d'une existence que la tendresse de sa mère aurait dû combler, et, comme les âmes prédestinées au malheur, qui aiment à se faire mal à elles-mêmes, en attendant qu'il arrive, aimait-elle à mettre sur son cœur l'accablant espace de ce large escalier, par-dessus l'accablement écrasant de sa solitude ? Habituellement, Madame de Ferjol, descendue de sa chambre et n'y remontant que le soir, pouvait croire Lasthénie à s'amuser dans le jardin, quand elle, l'enfant, oubliée là, restait assise de longues heures sur les marches sonores et muettes. Elle s'y attardait, la joue dans sa main, le coude sur le genou, dans cette attitude fatale et familière à tout ce qui est triste et que le génie d'Albert Dürer n'a pas beaucoup cherchée pour la donner à sa Mélancolie et elle s'y figeait presque dans la stupeur de ses rêves, comme si elle avait vu son Destin monter et redescendre ce terrible escalier ; car l'avenir a ses spectres comme le passé a les siens, et ceux qui s'en viennent sont peut-être plus tristes que ceux qui s'en reviennent vers nous... Certes ! Si les lieux ont une influence, et ils en ont une, à coup sûr, cette maison en pierres grisâtres, qui ressemblait à quelque énorme chouette vu à quelque immense chauve-souris abattue et tombée, les ailes étendues, au bas de ces montagnes l'antre lesquelles elle était adossée, et qui n'en était séparée que par un jardin, coupé, à moitié de sa largeur, d'un lavoir dont l'eau de couleur d'ardoise réfléchissait, en noir, la cime des monts dans sa transparence bleue, oui ! une pareille maison avait dû ajouter son reflet aux autres ombres d'où émergeait le front immaculé de Lasthénie...

Pour celui de Madame de Ferjol, rien ne pouvait en augmenter l'immobile tristesse. L'influence des lieux ne mordait pas sur ce bronze, verdi par le chagrin. Après la mort de son mari, qui avait toujours vécu de la vie plantureuse d'un gentilhomme riche, et d'habitudes aristocratiquement hospitalières, elle s'était tout à coup précipitée dans cette piété venue de Port-Royal, et dont, à cette époque, la France des provinces portait encore l'empreinte. Tout ce qu'elle avait de femme disparut dans cette piété qui ne se pardonne rien et qui se mortifie. Elle appuya sur cette colonne de marbre son cœur brûlant, pour le refroidir. Elle éteignit le luxe de sa maison. Elle vendit ses chevaux et ses voitures... Elle congédia ses domestiques, ne voulant conserver auprès d'elle, comme une humble bourgeoise, qu'une seule servante du nom d'Agathe, qui, depuis vingt ans, avait vieilli à son service, et qu'elle avait amenée de Normandie. Voyant cette réforme, les bonnes langues du bourg, qui était, comme tous les petits endroits, la boîte à confitures des petits caquets, avaient accusé Madame de Ferjol d'avarice. Puis, cette confiture, dégustée d'abord comme une friandise, s'était candie. Elles n'y touchèrent plus. Ce bruit d'avarice tomba. Le bien que Madame de Ferjol faisait aux pauvres, quoique caché, transpira. Il se fit enfin, à la longue, parmi tous les esprits de bas étage qui habitaient ce fond de bouteille de peu de clarté, de toutes les manières, une confuse perception de la vertu et des mérites de cette Madame de Ferjol qui vivait si continûment à l'écart, dans la mystérieuse dignité d'une douleur contenue. À l'église – et on ne la voyait guère que là, – on regardait de loin, avec une curiosité respectueuse, cette femme d'un si grand aspect, en ses longs vêtements noirs, immobile dans son banc, pendant les longs offices, sous les arceaux abaissés de cette rude église romane aux piliers trapus, comme si elle eût été une ancienne reine mérovingienne sortie de sa tombe... C'était, en effet, à sa façon, une espèce de reine... Elle régnait sans le vouloir, et, même sans y penser, sur l'opinion et sur la préoccupation de ce bourg, qui n'était pas, il est vrai, un royaume. Elle y régnait, et si ce n'était pas comme les anciens rois de Perse, invisibles, et dont elle ne pouvait avoir l'invisibilité absolue, c'était du moins un peu comme eux, par l'éloignement dans lequel elle se tint toujours au sein étroit de ce petit monde, avec qui elle ne se familiarisa jamais.

Pâques, cette année-là, tombait haut dans le mois d'avril, et ce jour de Samedi Saint était, chez ces dames de Ferjol, une de ces journées d'occupation domestique qui sont en province presque solennelles. On y faisait ce qu'on appelle : « la lessive du printemps ». En province, la lessive, c'est un événement. Dans les maisons riches, qui coutumièrement ont beaucoup de linge, on la fait au renouvellement des saisons, et cela s'appelle : « la grande lessive ». – « Vous savez, madame une telle fait sa grande lessive », se dit-on, comme la nouvelle d'une grande chose, dans les maisons où l'on va, le soir. Ces grandes lessives se font à pleines cuvées ; les petites, pour le train-train ordinaire de la maison, se font « à baquet ». « Avoir les lessivières » est une expression consacrée pour dire une des circonstances des plus graves, des plus importantes et quelquefois des plus orageuses ; car, pour la plupart, les lessivières sont des commères d'un gouvernement difficile. Gaillardes souvent, d'humeur peccante, d'âpre appétit, de soif cynique, à qui les ongles ne se sont pas ramollis dans l'eau qu'elles brassent à cœur de journée, et dont les gosiers d'acier font des terribles dessus au claquement de leurs battoirs ! « Avoir chez soi les lessivières » est une perspective qui donne généralement un petit froid dans le dos aux maîtresses de maison les plus maîtresses femmes... Seulement, ce jour-là, madame de Ferjol ne les avait plus. Elles étaient passées comme une trombe dans les solitudes de « l'hôtel de Ferjol », dont, pendant quelques jours, elles avaient violé outrageusement le silence. On était au lendemain de ces bruyantes Assises de lavoir... C'était le jour où « l'on étendait », comme on dit encore en province ; et, pour ramasser le linge mis à sécher sur des cordeaux dans le jardin, la vieille Agathe et la blanchisseuse « à l'année » de la maison suffisaient. Elles avaient donc toutes les deux, dès la pointe du matin, vagué et saboté, en le ramassant, dans les allées du jardin, pavoisées de draps et de serviettes, qui faisaient aux yeux et aux oreilles l'effet et le bruit de drapeaux gonflés et flottants ; et, successivement, elles l'avaient apporté et empilé sur des chaises et sur la table ronde de la salle à manger, où ces dames de Ferjol devaient le plier, quand elles seraient revenues de l'office. Ces dames ne laissaient ce soin à personne. Madame de Ferjol avait le goût des Normandes pour le linge, et elle l'avait donné à sa fille. Elle lui préparait de longue main un trousseau superbe pour le jour où elle la marierait. Rentrées donc chez elles, elles se placèrent avec empressement, comme à une tâche agréable, en face l'une de l'autre, à la table ronde, faite d'un lourd acajou ronceux, de la salle à manger, et elles se mirent à plier des draps, de leurs quatre mains aristocratiques, comme de simples ménagères, quand Agathe entra dans la salle, un flot de linge séché sur l'épaule, qu'elle versa sur la table comme une avalanche.

– Sainte Agathe ! – (C'était son juron. Peut-on dire cela d'une dévote qui, à tout bout de champ, exclamait et invoquait sa patronne ?...) Sainte Agathe ! ça pèse-t-il !. dit-elle. En voilà un tas ! et blanc ! une neige ! et sec ! et sentant bon ! C'est plus que vous n'en pourrez plier d'ici le dîner, Madame et Mademoiselle ! Mais aujourd'hui, le dîner peut attendre... Vous n'avez jamais faim ni l'une ni l'autre, et le capucin est parti ! Fit parti, bien sûr, pour ne pas revenir... Ah ! sainte Agathe ! il paraît qu'ils s'en vont comme ça, les capucins ! sans dire ni bonjour ni bonsoir aux gens qui les hébergent !

La vieille Agathe, fille trois fois majeure, qui avait été une belle fille, blanche et rose – couleur de pommier en fleurs – comme le Cotentin en produit, et qui avait accompagné sa jeune et amoureuse maîtresse dans les Cévennes lorsque le baron de Ferjol l'avait si scandaleusement enlevée, la vieille Agathe avait son franc-parler avec ces dames de Ferjol. Elle l'avait conquis. Elle l'avait pour trois raisons, dont l'enlèvement de Mlle Jacqueline d'Olonde, à laquelle elle s'était assez dévouée, – comme elle disait, pour s'être « mise dans les langues du pays à cause d'elle » – était la première, et dont les deux autres étaient d'avoir élevé Mlle de Ferjol et d'être restée dans ce « trou de marmotte » qu'elle détestait ; car elle ruminait éternellement sa patrie, cette fille du pays des grands bœufs et des vastes herbages ! C'était, enfin, d'avoir vécu de cette vie en commun qui devient moralement plus étroite, à mesure qu'on est moins à la partager. Malgré la bonhomie qu'ont, avec les petites gens, les êtres fiers à l'âme élevée, car la fierté n'est pas toujours de l'élévation, si Mme de Ferjol, qui les avait eus, n'eût pas congédié ses vingt domestiques, la vieille Agathe, respectueuse au fond, mais familière dans la forme, n'aurait peut-être pas eu autant de hardiesse et de franc-parler qu'elle en avait.

– Mais, Agathe, que dites-vous donc là ? – dit Mme de Ferjol avec un grand calme, – Parti ! Le Père Riculf ! Y songez-vous, ma fille ?... C'est aujourd'hui le Samedi Saint, et il doit prêcher aux vêpres de demain, jour de Pâques, le sermon de la Résurrection qui clôt toujours la prédication du Carême ! – Ça n'y fait rien – dit la vieille fille, qui était obstinée, – et on voyait bien qu'elle l'était, à son accent normand qu'elle n'avait jamais perdu, et à sa coiffe normande qu'elle avait imperturbablement gardée, – que qui ! Je sais ce que je dis. Il est bien et dûment parti ! À matin on ne l'a vu brin à l'église, m'a conté le bedeau, qui est venu, tout essoufflé, me le demander, parce qu'il y avait toute une poussée de monde qui se bousculait à son confessionnal pour la communion de demain ; mais bien entendu que je n'ai pas pu le lui donner ! Je l'avais vu dévaler, dès la pointe du matin, par le grand escalier, son capuchon planté sur sa tête, et à la main son bâton de voyage qu'il laissait d'ordinaire derrière la porte de sa chambre. Il était passé droit comme un I à côté de moi, qui montais quand lui descendait... sans me dire seulement un mot de politesse, et les yeux baissés qu'il a pires, – m'est avis, – quand il les baisse que quand il les lève. Surprise de ce bâton qu'il ne pouvait avoir pris pour aller dire la messe à quatre pas d'ici, je me suis retournée pour le voir descendre, et derrière ses talons je suis redescendue pour guetter, de la porte, où il pouvait aller comme ça, à si bonne heure ! Eh bien, je l'ai vu prendre la route qui passe au pied du Grand Calvaire, et je vous jure que s'il a toujours marché du pas qu'il avait, il doit être bien loin d'ici maintenant, lui et ses sandales !

– C'est impossible, – dit madame de Ferjol. Parti !...

– Comme la fumée de ma cuisine, interrompit Agathe, et sans faire plus de bruit ! » Et c'était vrai. Il était réellement parti. Mais ce que ces dames ne savaient pas, ce que la vieille Agathe ignorait, c'est que telle était la coutume des capucins, de s'en aller ainsi des maisons qui leur avaient été hospitalières. Ils s'en allaient comme la Mort et Jésus Christ viennent. Ils viennent, – disent les Livres Saints, – comme des voleurs... Eux, ils s'en allaient comme des voleurs. Quand, le matin, on entrait dans leur chambre, on les eût crus évaporés. C'était leur coutume, et c'était leur poésie ! Chateaubriand, qui se connaissait en poésie, n'a-t-il pas dit d'eux : « Le lendemain, on les cherchait, mais ils s'étaient évanouis, comme ces Saintes Apparitions qui visitent quelquefois l'homme de bien dans sa demeure. »

Mais Chateaubriand et son Génie du Christianisme n'existaient pas au moment où s'ouvre cette histoire, et ces dames de Ferjol n'avaient jusqu'alors reçu chez elles que des religieux d'Ordres moins poétiques et moins sévères, qui, dehors de l'église, se retrouvaient gens du monde, et qui ne partaient pas des maisons où ils avaient été reçus, sans toutes les révérences de rigueur.

Seulement, le Père Riculf n'était point assez dans les bonnes grâces de ces dames pour qu'elles fussent blessées, comme Agathe, de la silencieuse soudaineté de son départ. Il s'en allait ; eh bien, qu'il s'en allât ! Il les avait plus gênées qu'il ne leur avait été agréable, tout le temps qu'il était demeuré chez elles. Leur deuil serait léger. Une fois parti, elles n'y penseraient plus.

Mais la vieille Agathe avait, elle, des ressentiments plus profonds. Le Père Riculf était, pour elle, ce quelque chose d'inexplicable et d'absolu qu'on appelle une antipathie.

« Nous en v'là donc délivrées ! dit-elle. Elle se reprit cependant : J'ai peut-être tort, fit-elle, de parler comme je fais là d'un homme de Dieu.

Mais, sainte Agathe ! c'est plus fort que moi. Il ne m'a rien fait, mais j'ai de mauvaises idées sur ce capuchon-là...

Ah ! quelle différence avec les prédicateurs qui sont venus ici les autres années, si affables, si apostoliques, si bons au pauvre monde. Tenez ! Madame, vous souvenez-vous de ce Prieur des prémontrés, s'il y a deux ans ? Était-il doux et charmant, celui-là ! Tout en blanc, jusqu'aux souliers, comme une mariée, à qui le Père Riculf, avec son froc de couleur d'amadou, ressemble comme un loup ressemble à un agneau !

— Il ne faut avoir de mauvaises idées sur personne, Agathe, dit gravement Mme de Ferjol, pour l'acquit de sa conscience de dévote, et qui peut-être se faisait son procès à elle-même tout en le faisant à la vieille servante. Le Père Riculf est un prêtre et un religieux de beaucoup d'éloquence et de foi ; et, depuis qu'il est avec nous, nous n'avons surpris ni dans sa conversation ni dans sa conduite la moindre chose qu'on pût retourner contre lui. Vous n'avez donc aucune raison, Agathe, pour en mal penser. N'est-ce pas, Lasthénie ? . . .

— C'est vrai, maman, dit Lasthénie de sa voix pure. Mais ne grondez pas trop Agathe. Nous avons dit bien des fois, entre nous, que le Père Riculf avait quelque chose d'inquiétant et d'impossible à définir... À quoi cela tient-il ? On ne pense pas de mal, mais on ne se fie pas... Vous, qui êtes si forte et si raisonnable, maman, vous n'avez pas voulu aller à confesse à lui plus que moi.

— Et nous avons eu peut-être tort toutes les deux ! répondit la sévère femme, dont le jansénisme remontait sans cesse dans la conscience pour la troubler. Il aurait mieux valu se vaincre ; car écouter les sentiments sans raison qui nous empêchaient d'aller nous agenouiller à ses pieds, c'était déjà une condamnation dans l'intérieur de nos âmes, que nous n'avions pas le droit de prononcer.

– Ah ! dit naïvement la jeune fille jamais je n'aurais pu, maman !... Il me faisait, cet homme, une peur que je n'aurais jamais dominée.

– Il ne parlait que de l'Enfer ! Il avait toujours l'Enfer à la bouche ! dit Agathe, haletante, comme si elle eût voulu justifier la peur que le Père Riculf inspirait à la jeune fille. Jamais on n'a tant prêché sur l'Enfer. Il nous damnait toutes... J'ai connu un prêtre dans mon pays, il y a bien des années, qu'on appelait aux Augustines de Valognes : le Père l'Amour, parce qu'il ne prêchait que l'amour de Dieu et le Paradis.

Mais, sainte Agathe ! ce n'est pas le Père Riculf qu'on appellera jamais de ce nom-là !

– Allons ! taisez-vous ! fit Mme de Ferjol, qui voulait que l'entretien cessât, parce qu'il offensait la charité. S'il rentrait, le Père Riculf, car je ne puis croire qu'il soit parti la veille de Pâques, il nous trouverait jasant de lui, ce qui n'est pas convenable. Tenez ! Agathe, puisque vous dites qu'il n'y est pas, montez à sa chambre, vous trouverez peut-être son bréviaire oublié sur quelque meuble et qui vous dira qu'il n'est pas parti. » Et elles restèrent seules, la fille et la mère. Agathe partit, non sans empressement, où sa maîtresse l'envoyait. Les deux dames n'ajoutèrent pas un mot sur l'énigmatique capucin, dont on n'avait rien à dire et dont on craignait de trop penser, et elles reprirent lentement leur tâche interrompue. Très simple spectacle d'intérieur que celui de ces deux femmes, dans cette haute et vaste salle, entourées de partout de monceaux de linge blanc, qui « sentait bon », comme l'avait dit Agathe, et qui jetait autour d'elles ce frais parfum de rosée et des haies sur lesquelles il avait séché, et qu'il garde dans ses plis comme une âme.

Elles étaient silencieuses, mais attentives à ce qu'elles faisaient, regardant de temps en temps l'ourlet des draps pour les plier dans le bon sens, chacune passant une main sur la moitié de leur longueur, et, pour en effacer les faux plis, les frappant tour à tour de leurs deux belles mains, l'une blanche, l'autre rose ; rose chez la fille, blanche chez la mère... Elles avaient toutes les deux leur genre de beauté, comme leurs mains. Lasthénie (ce muguet !), délicieuse dans sa robe d'un vert sombre qui faisait autour d'elle comme les feuilles dont son blanc visage était la fleur, avec sa tête mélancolique, rendue plus mélancolique par ses cheveux cendrés, car la cendre est un signe de deuil, puisque, autrefois, dans des jours d'affliction, on se la mettait sur la tête ; et Mme de Ferjol dans sa robe noire, sous son austère bonnet de veuve, et ses cheveux relevés sur les tempes avec leurs larges empâtements de céruse sur leur masse sombre, et gouachés moins par les années que par le chagrin.

Tout à coup, la vieille Agathe rentra dans la salle.

« Je le crois tout de même parti dit-elle -, car j'ai cherché cherches-tu, et n'ai trouvé que ceci qu'il n'a pas emporté. Ne laissent-ils pas tous quelque chose quand ils s'en vont, les prédicateurs ? Les uns donnent des titrages, les autres des reliques. C'est une manière de remercier de l'hospitalité qu'ils ont reçue. Lui, il a laissé ceci, pendu au crucifix de son alcôve. A-t-il eu la pensée de le donner, ou l'a-t-il oublié en s'en allant ? »

Et elle déposa sur le drap qu'elles pliaient un pesant chapelet, comme ils en portaient à leur ceinture, les capucins.
Il était d'ébène, et, entre les dizaines noires, il y avait pour les séparer une tête de mort, en ivoire jauni, qui faisait la tête de mort plus tête de mort encore par sa couleur, comme si elle eût été depuis plus longtemps déterrée.

Mme de Ferjol avança la main, prit le chapelet avec respect, et, après l'avoir regardé, le glissa sur le drap plié devant elle.

« Tiens ! » dit-elle à sa fille.

Mais Lasthénie, en le prenant, sentit se crisper ses doigts et elle le laissa échapper. Étaient-ce les têtes de mort qui agissaient sur les nerfs de la trop sensible fillette ?...

« Garde-le pour toi, maman » fit-elle.

Ô instinct ! instinct ! Le corps en sait parfois plus long que la pensée ! Mais Lasthénie, en ce moment, ne pouvait pas savoir la cause de ce que ses doigts charmants venaient d'éprouver.

Quant à la vieille Agathe, elle a toujours cru avant comme après cette histoire que le chapelet qui avait roulé dans les mains du redoutable capucin, et sur les grains duquel il avait laissé son influence, était comme ces gants dont il est question dans les Chroniques du temps de Catherine de Médicis, dont elle n'avait jamais entendu parler, la pauvre servante ! Elle crut toujours qu'il était contagieusement empoisonné.

IV

Midi sonna cependant, et le P. Riculf ne rentra pas à l'Hôtel de Ferjol. Agathe ne s'était pas trompée. Il était parti. La foule de ceux qui l'attendaient dans la chapelle Saint-Sébastien, autour de son confessionnal, l'attendit en vain. Ce fut un scandale, et c'en fut un autre, le lendemain, dans cette bourgade astreinte aux vieilles coutumes, quand le curé fut obligé de remplacer le prédicateur qui avait prêché le Carême, pour prêcher, entre vêpres et complies, la Résurrection. Seulement l'impression de cette étonnante départie ne dura pas. Est-ce que quelque chose dure ?... Les jours – cette pluie des jours qui tombe sur nous goutte à goutte emportèrent cette impression, comme la pluie, aux premiers jours d'automne, emporte les feuilles sur lesquelles elle a glissé. La vie monotone, dont la présence du Père Riculf chez ces dames de Ferjol avait coupé le flot stagnant, recommença. Leurs lèvres désapprirent son nom. Y pensèrent-elles sans en parler ?... Dieu seul le sait. Cette histoire sans nom est obscure... Mais l'impression causée par cet homme qu'on n'oubliait plus quand on l'avait vu, devait être profonde et elle était d'autant plus profonde qu'on ne pouvait s'expliquer pourquoi on ne l'oubliait pas !...

Il avait été, ces quarante jours, froid et respectueux avec ces dames, et d'une correction dans ses rapports journaliers avec elles qui prouvait beaucoup de discernement et de tact. Mais il était resté naturellement et strictement fermé sur lui-même. Quels avaient été son passé ? sa vie ? son éducation ? sa naissance ? tous sujets que Mme de Ferjol effleura, mais cessa d'effleurer, en vraie femme du monde, quand elle vit que l'homme était de marbre, et, comme le marbre, glacé, impé nétrable et poli. On ne voyait jamais de lui que le capucin.

Les capucins n'étaient plus alors ce qu'ils avaient été autrefois. Cet ordre, sublime d'humilité chrétienne, avait perdu de sa sublimité. On était à la veille des plus mauvais jours. L'épicurisme incrédule du règne de Louis XV, qui traîna longtemps dans le règne de Louis XVI, avait tout énervé, doctrines et mœurs, et les ordres les plus renommés par leur sainteté n'avaient plus cette austérité qui les rendait si imposants, même aux impies. L'opinion procédait déjà au décloîtrement universel qui jeta tant de religieux sur le pavé de tous les vices... Les vocations que l'on croyait les plus solides étaient ébranlées...

Mme de Ferjol se souvenait d'avoir rencontré, dans la petite ville où elle avait dansé ses premières contredanses avec cet adorable officier blanc de baron de Ferjol, un capucin, d'une beauté qu'il était impossible de ne pas remarquer, quoiqu'il fût capucin, et qui venu, comme le Père Riculf, pour prêcher un Carême -, avait osé afficher la coquetterie d'un petit-maître sous les habits de la pauvreté et du renoncement. On le disait d'une très haute naissance, et cela avait rendu peut-être la société noble, qui, dans ce pays-là, a continué pourtant d'être sévère, indulgente à ce scandaleux capucin, qui avait un soin presque féminin de sa personne, parfumait sa barbe, et portait, en guise de cilice, des chemises de soie par-dessous la bure de son froc. Mme de Ferjol, à cette époque-là Mlle d'Olonde, l'avait vu dans le monde, où il allait faire son whist, le soir, madrigalisant avec les femmes et chuchotant souvent des fois, dans des coins de salon, tout bas à leur oreille, comme un de ces cardinaux romains dont parle le président Dupaty en son Voyage d'Italie, qu'on lisait beaucoup dans ce temps-là. Mais quoique plusieurs années eussent ajouté à la corruption générale et au ramollissement qui allait prochainement tout dissoudre, et faire couler, comme une fange, le bronze antique et solide de la France dans le dépotoir de la Révolution, le Père Riculf ne ressemblait pas à ce capucin de salon. Il ne transpirait rien des vices de son temps. Il semblait du Moyen Âge, comme son nom. S'il avait eu l'inconvenante mondanité, si déplacée dans un religieux, Mme de Ferjol aurait su pourquoi il lui inspirait ce sentiment de répulsion qu'elle se reprochait, et, comme Lasthénie et comme Agathe, aussi affirmative dans son antipathie, mais tout aussi ignorante de cette antipathie sans cause apparente, Mme de Ferjol ne le savait pas.

Mais y pensaient-elles, elle et sa fille ?... Il semble bien difficile qu'elles n'y pensassent pas. Il était pour elles un mystère. Un mystère, c'est la plus profonde chose qu'il y ait pour l'imagination humaine. Le mystère, c'est la religion pour les peuples, mais c'est la religion aussi pour nos pauvres cœurs... Ah ! ne vous laissez jamais connaître entièrement, vous qui voulez être toujours aimés de celles qui vous aiment ! Que même dans vos baisers et dans vos caresses il y ait encore un secret !... Tout le temps qu'il habita chez elles, le Père Riculf fut pour ces dames de Ferjol un mystère, mais il dut en être un bien plus grand quand il fut parti. Tout le temps qu'il avait été là, en effet, elles pouvaient croire qu'à un certain moment elles le pénétreraient ; mais, parti, il restait indéchiffrablement une énigme, et rien ne tourmente plus longtemps la pensée que ce qu'on n'a pas deviné.

Et, du dehors, pas une lueur ! rien, pour ces dames de Ferjol, ne vint éclairer rétrospectivement l'apparition de cet homme, qui était sorti, un matin, de leur vie et de leur maison, comme il y était entré, un soir sans qu'on sût d'où il était parti, quand il vint, et sans qu'on sût davantage où il était allé, quand il fut parti. C'était la justification du mot de la Bible :

« Dites-moi d'où il vient, et je vous dirai où il est allé ! » Il n'avait pas dit d'où il venait. Il était d'un couvent lointain, et il vaguait par toute la France comme tous ceux de son Ordre, que les impies traitaient, avec mépris, de vagabonds. En disparaissant de la bourgade où il avait prêché ses quarante jours, il n'avait pas dit ou il allait porter ses prédications éternelles. Il s'en était allé comme la poussière dans le vent... Nulle des villes circonvoisines de la bourgade qu'il venait de secouer par la force de son éloquence, ne vit, un soir, se lever dans la chaire d'une de ses églises, ou passer, le matin, dans ses rues, cet extraordinaire capucin, qui ne pouvait passer nulle part sans attirer le regard et sans le fixer, tant il était majestueux et hautain dans sa robe rapiécée ! tant il était digne d'inspirer le Biot qu'un grand poète moderne a dit d'un autre capucin : « Il semblait l'Empereur même de la Pauvreté ! » Sans doute, il s'en était allé dans des pays assez éloignés pour qu'un n'entendît plus jamais parler de lui, qui pourtant devait laisser partout un souvenir même bien capable, avec la mine qu'il avait ; d'en laisser un dévastateur.

En avait-il laissé un pareil quelque part ?... Il était jeune d'apparence, mais il y a des âmes terriblement vieilles dans des êtres qui semblent jeunes encore, et s'il n'en avait laissé jusque-là nulle part, devait-il en laisser un dans cette bourgade et dans l'âme de cette pauvre Lasthénie de Ferjol, qui tremblait comme une feuille devant lui, et à qui son départ causa le sentiment d'une délivrance et le bien-être d'une dilatation ?... Il avait toujours été pour elle ce que les jeunes filles appellent leur « cauchemar », quand elles ont des antipathies et si Lasthénie ne l'appelait pas ainsi, c'est que l'énergie manquait à son langage comme à sa personne. Fille charmante, mais débile, ayant comme la fatalité de sa faiblesse, Lasthénie fut heureuse de ne plus sentir la présence de l'homme_ qui lui faisait, sans raison, mais invinciblement, l'effet d'un fusil chargé dans un coin. Le fusil n'y était plus.

Elle en fut heureuse, mais il y a des bonheurs qui mentent ! Et si réellement elle en fut heureuse, pourquoi le bonheur de cette délivrance n'éclaira-t-il pas un visage qui depuis bien peu de temps avait le pli d'on ne savait quelle horreur secrète entre ses longs sourcils, d'ordinaire si tristes, mais si placides ?...

Mme de Ferjol, à l'âme robuste et au bon sens normand, voyait les choses de trop haut et de trop d'ensemble pour éplucher le front de sa fille et y apercevoir les rides d'eau douce qui se creusaient quelquefois sur ce front de rêveuse, aussi pure qu'un lac mélancolique ; mais Agathe, elle, Agathe, la servante, les voyait. La haine d'instinct qu'elle portait à ce bouffre de capucin, comme elle disait, pour ne pas dire un autre mot qui lui semblait un gros péché et, de fait, il en exprimait un ! lui aiguisait le regard et le lui rendait d'une sagacité qui manquait à cette mère, étouffée par l'épouse une inconsolable épouse en deuil. Si, au lieu d'être normande, Agathe avait été italienne, elle aurait cru au mauvais oeil !... Elle aurait pensé à cette jettatura mystérieuse avec laquelle ces passionnés Italiens, qui ne croient qu'à l'amour et à la haine, expliquent un malheur qu'ils ne comprennent pas ; astrologues singuliers qui mettent dans des yeux humains la bonne ou la mauvaise étoile de la vie, aussi insensés que ceux-là qui la mettent dans le cours des astres ! Mais les superstitions du pays d'Agathe avaient un autre caractère. Elle croyait aux sorts invisibles, aux maléfices qu'un ne voyait pas... Ce Père Riculf « sur lequel elle avait de mauvaises idées », elle le soupçonnait d'être bien capable d'en jeter un, et de l'avoir jeté à Lasthénie. Et pourquoi à Lasthénie, à cette fille aimable et innocente ?... Et justement parce qu'elle était aimable et innocente, et que le Démon, qui fait le mal pour le mal, hait particulièrement l'innocence parce que, ange tombé, il est surtout jaloux de ceux qui restent dans la lumière. Or, pour Agathe, Lasthénie était un ange qui n'avait jamais cessé sur la terre d'habiter la lumière du ciel...

Sous l'empire de cette idée d'un « sort », la vieille servante avait emporté et caché le chapelet noir aux têtes de mort que les doigts de Lasthénie avaient un jour touché avec une crispation qu'Agathe, elle, n'avait pas oubliée, et elle avait traité ce chapelet comme une chose sainte profanée.

Le feu purifie tout.

Elle l'avait pieusement brûlé. Mais « le sort » n'en était pas moins en Lasthénie, s'imaginait Agathe. Les sorts qui viennent de l'Enfer, où tout brûle, doivent ressembler aux brûlures qui s'enfoncent et creusent dans la chair, et, de même, ils doivent s'enfoncer et creuser dans l'âme... C'est là ce qu'elle se disait, la superstitieuse Agathe, quand elle servait à table, et que derrière la chaise de Mme de Ferjol, où elle se tenait, la serviette sur le bras et une assiette contre la large bavette de son tablier, elle regardait longuement Lasthénie, placée en face de sa mère et qui ne mangeait pas, le visage de jour en jour plus pâle... La beauté délicate de cette enfant commençait même de s'altérer. Il y avait à peine deux mois que le Père Riculf était parti, et le mal qu'il avait apporté dans cette maison s'y précisait. La graine diabolique qu'il y avait semée, selon Agathe, commençait de lever !...

Ce n'était, il est vrai, ni étonnant ni effrayant que Lasthénie fût triste. Elle l'avait toujours été. Elle était née dans cet affreux pays détesté par Agathe, où, à midi encore, il ne faisait pas jour, et où elle avait vécu avec une mère qui ne pensait qu'au mari qu'elle avait perdu et qui n'avait jamais eu pour elle un mot de tendresse. « Sans moi, ajoutait Agathe en elle-même, la chérie n'aurait jamais souri. Elle n'aurait jamais montré ses jolies dents à personne. Mais ce n'est plus seulement de la tristesse, ce qu'elle a maintenant, c'est un sort, et un sort, c'est la mort, disent les complaintes de mon pays ! » Tels étaient les monologues intérieurs d'Agathe. « Souffrez-vous, Mademoiselle ? » demandait-elle souvent à Lasthénie, avec une inquiétude dans laquelle on sentait l'épouvante, malgré les efforts qu'elle faisait pour ne pas trahir les pensées qui lui battaient dans la cervelle ; et Lasthénie répondait toujours, avec une bouche pâle, qu'elle ne souffrait pas.

Mais c'est l'histoire de toutes les jeunes filles, ces douces stoïques, de répondre qu'elles ne souffrent pas, quand elles souffrent... Les femmes sont si bien faites pour la souffrance, elle est si bien leur destinée, elles commencent de l'éprouver de si bonne heure et elles en sont si peu étonnées, qu'elles disent longtemps encore qu'elle n'est pas là, quand elle est venue !. Et elle était venue. Lasthénie, évidemment, souffrait. Ses yeux se cernaient. Le muguet de son teint avait des meurtrissures, et le pli de ses sourcils sur son front d'opale n'était pas seulement le sillage d'une rêverie qui passe... Il exprimait quelque chose de plus.

Sa vie extérieure n'avait pas changé. C'était toujours la même routine d'occupations domestiques, les mêmes travaux à l'aiguille dans l'embrasure de la même fenêtre, les mêmes visites à l'église avec sa mère, et, avec sa mère encore, quelques promenades le long de ces montagnes, aux petites vertes, sur lesquelles tressaillent ces ruisseaux qui se gonflent ou se dégonflent, selon les saisons, mais ne cessent jamais d'en descendre. Elles s'y promenaient souvent le soir, l'heure des promenades par toute la terre. Mais elles, ce n»était pas, comme les habitantes plus heureuses des plaines et des rivages, pour voir se coucher le soleil. Il n'y avait pas de soleil dans ce pays d'entre-montagnes, qui faisaient un écran éternel contre ses rayons. On aurait pu l'apercevoir de leurs cimes, se couchant à l'horizon ; mais il aurait fallu monter jusque-là, et c'était bien haut !... Dans leurs plus longues rôderies, ces dames n'allaient guère qu'à mi-chemin. Ces montagnes au sol gras, et qui n'ont rien de la maigreur et de la chaude rousseur (les Pyrénées, avaient, le soir, avec le tapis de prairie qui les couvre, leurs boules de buissons, foisonnant par places, leurs arbres vigoureux qui se penchent, se tordent vu s'échevélent sur leurs pentes, un caractère qui s'accordait bien, qui s'accordait un peu trop peut-être, aux pensées et aux sensations des deux tristes promeneuses. La nuit qui tombait fonçait d'une nuance plus sombre ou pointait d'étoiles l'orbe bleu qu'elles avaient sur leurs têtes, et s'il y avait lune, cette lune, qu'on ne voyait pas, éclairait d'une pâle lueur lactée la pauvre lucarne du ciel, par laquelle le regard, en montant, pouvait s'attester qu'il y en avait un... Comme tous les paysages qui, le soir, ont leur fantastique, ce paysage avait aussi le sien.

Ces montagnes circulaires, aux sommets qui se baisaient presque, pouvaient faire à l'imagination l'effet d'un cercle de Fées-Géantes debout, se parlant tout bas à l'oreille, comme des femmes levées, après une visite, qui vont s'embrasser dans les derniers mots qu'elles se disent et partir. Et cela le rappelait d'autant plus que les vapeurs s'élevant du sol et de toutes ces eaux courantes qui en arrosent l'herbe, mettaient comme un blanc burnous de brouillard nacré sur les vastes robes vertes de ces Fées-Géantes, bouillonnées de l'argent des ruisseaux. Seulement, elles ne partaient pas. Elles restaient à la même place et on les y retrouvait le lendemain... Les dames de Ferjol ne rentraient guère de ces promenades vespérales qu'à l'heure où elles entendaient s'élever l'Angélus sous leurs pieds et monter vers elles, du fond de cette petite vallée où s'accroupissait la noire église romane qui sonnait ce que Dante appelle : « l'agonie du jour qui se meurt ».

Elles redescendaient alors dans la bourgade enténébrée et gagnaient cette église qui ressemblait à un tombeau, où elles avaient la coutume d'aller faire leur prière du soir, avant de souper.

Quelquefois, Lasthénie se risquait seule en ces promenades, quand Mme de Ferjol, pour une raison ou pour une autre, était retenue à la maison. À cela, il n'y avait pas d'imprudence. Le pays était sûr et sa sûreté venait surtout de son isolement. Il ne passait guère d'inconnu ou de suspect, dans ce creux, strictement fermé de toutes parts, où vivait, comme une espèce de troglodytes, une population sédentaire, dont beaucoup n'étaient jamais sortis de cet anneau de montagnes, comme s'ils eussent été pris d'un charme étrange au centre de cette bague sombrement enchantée ! C'était de l'autre côté du versant intérieur de ces montagnes que passaient, traversant la France, dont le Forez est un des centres, des voyageurs, des mendiants et des rôdeurs de toute espèce, qui pouvaient être, pour une jeune fille, de mauvaises rencontres ; mais de ce côté-ci, il n'y avait que les gens de cette petite vallée étroite, noire et humide comme un puits. D'ailleurs, ces dames de Ferjol étaient presque superstitieusement respectées. Lasthénie aurait pu nommer par leur nom tous les petits pâtres qui suspendaient leurs chèvres aux pâturages aériens de ces montagnes ; toutes les vachères qui allaient traire, le soir, dans les près en pente ; tous les pêcheurs de truites qui les prenaient au fil des cascatelles et qui en rapportaient des paniers pleins dont ils alimentaient la contrée, comme les pêcheurs de saumon en nourrissent l'Écosse. Mme de Ferjol n'était, du reste, jamais éloignée pour longtemps de sa fille. Elle la rejoignait d'autant plus aisément que, quand on s'était dit où l'on irait, il était facile de se voir, de loin, sur le penchant de ces monts qui faisaient amphithéâtre, et même des fenêtres de la grande maison grise de Mme de Ferjol, qui n'avaient pour perspective que ces montagnes s'élevant, escarpées et droites, à trois pas des yeux, comme un mur verdoyant d'espalier.

Un soir que Lasthénie y était, elle revint vite, fatiguée, languissante, toujours plus changée. Le mal intérieur s'aggravait. Elle était changée, non pas d'un changement appréciable seulement aux observateurs qui voient tout, mais d'un changement hagard et dur, visible à tout le monde. Avec Agathe, qui lui demandait toujours infatigablement comment elle allait, elle ne niait plus son immense malaise. Seulement, elle ne s'expliquait pas sur ce qu'elle éprouvait. Elle se contentait de dire : « Je ne sais pas ce que j'ai, ma pauvre Agathe !... » Sa mère, qui ne voyait rien, perdue qu'elle était dans ses dévotions et le souvenir de son mari qui dévorait sa vie, commença d'entrevoir ce soir-là. Lasthénie, qui savait que sa mère devait la prendre après sa prière à l'église, au déclin du jour dans la montagne, vint à l'église, n'ayant plus le courage d'attendre, tant elle souffrait dans tout son être.

Quand elle y entra, elle vit de dus Mme de Ferjol agenouillée dans le confessionnal, et elle s'assit sur le banc, derrière elle, écrasée de fatigue. Était-ce d'avoir trop marché ? L'église, toujours sombre, entrait dans une obscurité grandissante. Ses vitraux n'avaient plus de lueur. Cependant, quand Maie de Ferjol sortit du confessionnal, l'heure du souper n'étant pas encore sonnée, elle dit à Lasthénie : « C'est demain fête.

43

Pourquoi ne communierais-tu pas avec moi demain, et n'irais-tu pas à confesse pendant que je fais mon action de grâces ? Tu as bien le temps. » Mais Lasthénie dit que non..., qu'elle n'était pas préparée...; et elle resta à sa place, assise, sans prier, pendant que Mme de Ferjol, à genoux sur la dalle, faisait sa prière.

Elle était anéantie, et elle avait, en ce moment-là, l'indifférence de l'anéantissement. Ce refus de se confesser et de communier étonna Mme de Ferjol, qui ne voulut point insister, de peur de rencontrer une résistance qui l'aurait irritée (elle se connaissait bien ! ), et elle accepta comme une pénitence de plus le refus de sa fille de communier avec elle. La contrarié-té fut extrêmement vive chez Mine de Ferjol, cette fervente dévote, mais dont les volontés étaient aussi absolues que la foi, et Lasthénie dut sentir le bras de sa mère trembler d'émotion comprimée sur le sien, quand elles sortirent de l'église et qu'elles revinrent à la maison. Elles y revinrent, ne se parlant pas. Au coin de la petite place carrée qui séparait l'église de l'Hôtel de Ferjol, il y avait un forgeron dont la forge envoyait par la porte ouverte un jet de flamme dont elles traversèrent la rouge lueur, et Lasthé-nie était si pâle que cette rouge lueur, qui rougissait toute la place, ne put rougir sa pâleur, à ce moment-là effrayante. « Comme tu es pâle ! dit Mme de Ferjol, qu'as-tu ?... » Lasthénie dit qu'elle était fatiguée.

Mais quand elles furent à table, selon leur coutume, en face l'une de l'autre, les yeux noirs de Mme de Ferjol devinrent d'un noir plus foncé en regardant Lasthénie, et Lasthénie comprit que sa mère lui gardait rancune d'avoir refusé de communier avec elle. Mais elle ne comprit pas, mais elle ne pouvait pas encore comprendre qu'elle venait d'enfoncer dans sa mère une impression qu'elle y retrouverait plus tard, comme un clou terrible auquel cette mère suspendrait un jour d'affreux soupçons.

# V

Le lendemain, madame de Ferjol envoya chercher le médecin du bourg par Agathe, qui dit à sa maîtresse, avec sa familiarité cordiale et autorisée : « Ah ! Madame s'aperçoit donc que Mademoiselle est malade ! Voilà assez longtemps que cela me crève les yeux, à moi, et je l'aurais dit à Madame, si Mademoiselle ne me l'avait pas toujours défendu, ne voulant point inquiéter sa maman sur un malaise qui se passerait bien tout seul, – disait-elle ; – Mais il n'a point passé, et je suis contente que le médecin vienne... » Elle n'acheva pas sa pensée, car elle ne croyait point, avec les idées surnaturelles qu'elle avait, que le médecin pût grand-chose contre le mal de Lasthénie. Elle alla pourtant le chercher avec empressement, et il vint.

Il interrogea Mlle de Ferjol, mais il ne tira pas beaucoup de lumière de ses réponses. Elle dit qu'elle sentait en elle un brisement et une langueur invincibles, accompagnés d'un mortel dégoût pour toutes choses.

« Même pour Dieu ?... » lui lança sa mère avec une ironie pleine d'amertume.

Mot qu'elle ne put retenir, tant elle lui en voulait de cette communion refusée, la veille ! Lasthénie, qui ne se plaignait jamais, reçut le coup de ce mot sans se plaindre. Mais elle sentit, comme une menace prophétique de l'avenir, que la pitié de sa mère qu'elle avait toujours trouvée bien rigide pourrait un jour devenir cruelle.

Agathe avait-elle eu raison, dans ses pensées ?... Mais si le médecin comprit quelque chose au mal de Mlle de Ferjol, il n'en laissa rien soupçonner à sa mère. Il ne lui dit rien de net sur l'état de sa fille. Mme de Ferjol, qui n'était jamais malade : « J'ai en santé disait-elle quelquefois ce qui m'a manqué en bonheur », connaissait à peine ce médecin, qu'elle avait consulté pour Lasthénie en bas âge, et pour ses petits maux d'enfant. Il était depuis dix ans médecin dans ce trou, comme disait la méprisante

Agathe ce qui, du reste, n'était pas une objection contre son habileté de médecin. De tous les hommes qui ont besoin d'un large théâtre pour déployer des talents, et même du génie, le médecin est celui qui peut le mieux s'en passer... Ne trouve-t-il pas de la matière médicale partout ? Le plus fort praticien, peut-être, du XIXe siècle, Rocaché, vécut toute sa vie dans une obscure bourgade de l'Armagnac noir, où il fit, pendant plus de cinquante ans, des miracles de guérison. Le médecin de la bourgade du Forez ne ressemblait pas, il est vrai, à celui de la bourgade des Landes. Ce n'était, lui, qu'un homme de bon sens et d'expérience, voilà tout ! qui pratiquait surtout la médecine expectante et ne forçait pas la nature, laquelle, en vraie femme qu'elle est, veut quelquefois être forcée. Les symptômes qu'il étudia dans Lasthénie étaient-ils trop vagues, pour dire ce qu'il pensait, s'il prévoyait quelque chose de grave ?... Toujours est-il que s'il eut de l'inquiétude, il la garda pour lui seul, aimant mieux attendre avant d'en donner à cette mère, dont il lisait dans les yeux noirs l'âpre sentiment maternel. Il parla d'un de ces dérangements de santé si communs dans les jeunes personnes de l'âge de Lasthénie, quand leurs organes, ébranlés par la crise qui les fait femmes, n'ont pas encore repris leur équilibre, et il prescrivit, pour le rétablir, une hygiène, plus qu'une médication. Mais, quand il fut parti :

« Tout cela dit résolument la vieille Agathe n'est que de l'onguent miton-mitaine. Ce n'est pas toutes ces bêtises-là qui guériront Mademoiselle ! » Et, de fait, aucun mieux ne se produisit dans le singulier mal qui semblait consumer Lasthénie. Ses joues se plombèrent, sa mélancolie s'épaissit, ses dégoûts augmentèrent.

« Voulez-vous que je vous dise ce que je crois, Madame ? » dit Agathe à Mme de Ferjol, un jour qu'elles étaient seules.

Le dîner finissait, et Lasthénie, qui, pendant tout le repas, qu'elle avait trouvé nausé abond, était restée le cœur sur les lèvres, venait de monter dans sa chambre pour se jeter un instant sur son lit.

« Voilà un mois qu'il vient, ce médecin, et pour rien ! dit Agathe. Il y a trois jours qu'il était là encore, continua-t-elle avec violence. Eh bien, ce que je crois, Madame, c'est que la pauvre demoiselle a plus besoin d'un prêtre qui l'exorcise que d'un médecin qui ne la guérit pas ! » Mme de Ferjol regarda la vieille Agathe comme on regarde une personne qui vient d'être atteinte d'un premier accès de folie.

« Oui, Madame, dit la vieille dévouée qui n'avait pas peur des yeux immenses avec lesquelles. Mme de Ferjol la regardait. Oui ! Madame, un prêtre, qui défasse la diabolique besogne du capucin. » Les yeux de Mme de Ferjol jetèrent une lueur sombre.

« Quoi ! dit-elle, Agathe, vous oseriez croire ?...

– Oui, Madame, dit intrépidement Agathe, je crois que le Démon a passé par ici, et qu'il y a laissé ce qu'il laisse partout où il passe... Quand il ne peut pas damner les âmes, il s'en venge sur les corps... » Mme de Ferjol ne répondit pas. Elle mit sa tête dans ses mains et resta appuyée sur les coudes devant la table dont Agathe avait ôté la nappe. Elle réfléchissait sur ce que la vieille servante venait de lui dire avec une profondeur de conviction qui entrent, comme un dard, dans son âme, à elle, tout aussi religieuse qu'Agathe et même beaucoup plus.

« Laissez-moi un moment, Agathe », fit-elle en relevant une tête effarée et la replongeant dans ses mains.

Et Agathe s'en alla à reculons, pour juger plus longtemps de l'état dans lequel elle avait mis cette femme, frappée par elle de la foudre avec un seul mot.

« Ah ! Sainte Agathe ! murmura-t-elle en s'en allant, puisqu'elle n'y voit goutte, il fallait bien enfin que cela fût dit ! » Elle n'était pas superstitieuse, Mme de Ferjol, pour parler comme le monde, qui n'entend rien aux choses surnaturelles, et elle n'était pas non plus mystique au sens chrétien, mais profondément religieuse.

Ce que venait de lui dire Agathe devait vivement l'impressionner. Ce n'est point elle qui aurait nié l'intervention physique et l'influence visible de Celui-là que les Saints Livres appellent le Mauvais Esprit. Elle y croyait. Et quoique sa raison fût très ferme, elle y croyait avec tranquillité, et doctrinalement, dans la mesure où l'Eglise, qui est la mère de toute prudence et l'ennemie de toute légèreté, autorise d'y croire. L'idée d'Agathe la saisit donc, mais. avec moins de violence qu'elle n'eût saisi une imagination plus contemplative et plus exaltée que la sienne. Seulement, cette idée eut pour elle un éclair qu'elle n'avait pas eu pour Agathe.

La femme qui avait aimé, l'être qui, depuis quinze ans, cherchait à se rasseoir et à s'éteindre, mais qui brûlait et fumait encore d'une passion inextinguible pour un homme, lui révélait tout bas de ces choses que la vieille candeur d'Agathe, qui avait toujours vécu le célibat du cœur et le mutisme des sens, ne pouvait pas lui révéler... Mme de Ferjol croyait, autant que la simple Agathe, que le Démon avait à son service des incarnations terribles, mais elle savait par sa propre expérience ce qu'Agathe ne savait pas, c'est que l'amour est, de toutes, la plus redoutable ! Tel l'éclair qui la traversa tout à coup : « Si Lasthénie aimait ? se dit-elle, si c'était l'amour qui fût son mal ?... » Et elle demeura la tête dans ses mains, effondrée, mais ses yeux intérieurs ces yeux que nous avons pour voir dans la nuit de nos âmes étaient fixés sur cette pensée soudaine : « Aimerait-elle ?... » Or, comme, dans cette bourgade chétive, il n'y avait que de petits bourgeois, sans société élevée, sans jeunes gens élégants, et où elle et sa fille passaient leurs jours au fond de leur hôtel désert comme dans une Thébaïde, voilà que se leva dans la nuit de son âme l'image de cet incompréhensible capucin qui avait passé dans leur vie et disparu comme une vision, et d'autant plus troublante pour des imaginations de femme, qu'elles n'avaient pu rien y comprendre et qu'elles n'y avaient rien compris ! ...

Et l'horreur, l'espèce d'horreur que Lasthénie avait toujours montrée pour cet effrayant Sphinx en froc qui, pendant quarante jours, avait vécu impénétrable à côté d'elle, n'était pas une raison pour qu'elle ne l'aimât pas follement. C'était une raison, au contraire, pour qu'elle l'aimât avec frénésie ! Les femmes savent cela. La vie des passions le leur apprend, quand leur instinct de femme ne le devine pas. Que d'amours commencent par la crainte ou la haine ; et l'horreur, c'est la combinaison de la crainte et de la haine, élevées à leur plus haute puissance, dans des âmes timides révoltées. « Vous lui faites l'effet d'une araignée », disait un jour une mère à un homme qui aimait sa fille ; et, deux mois après cette dure et humiliante parole, la pauvre mère ne se doutait pas de la furie de bonheur coupable et caché avec laquelle sa fille se roulait dans les pattes velues de l'araignée, et lui donnait à sucer jusqu'à la dernière goutte vierge du sang de son cœur ! ... Lasthénie avait tremblé devant le froid et mystérieux capucin. Mais si une femme n'a pas tremblé devant un homme, jamais elle ne l'aimera. L'altière Mme de Ferjol avait aussi peut-être tremblé devant l'irrésistible officier blanc qui l'avait enlevée comme Borée enleva Orithye. Pour avoir peur de ce qui menaçait sa fille, elle n'avait qu'à repasser ses jours. « Si Lasthénie sait ce qu'elle a, se dit-elle, elle le tait et se cache. Le mal est profond. » Elle aussi se souvenait, quand elle avait aimé, de s'être cachée. L'amour, cette pudeur farouche, devient si facilement un mensonge, et le plus voluptueusement infâme des mensonges. Avec quel horrible bonheur on se colle ce masque d'une menterie sur la figure brûlante qui va le dévorer, et qui ne laissera plus voir, quand il tombera en cendres, qu'une figure dévorée que rien jamais ne cachera plus ! Lorsque Mme de Ferjol releva la tête, elle était calme, et résolue de savoir ce qu'avait sa fille. Elle ne pensa plus au médecin : « C'est à moi se dit-elle de regarder et de voir. » Elle s'accusa une fois de plus du péché de toute sa vie, qui avait toujours été d'être plus épouse que mère. Dieu continuait de l'en punir, et faisait bien. Elle l'avait mérité. Quand Lasthénie redescendit, toute traînante, et qu'elle se plaça dans l'embrasure de la fenêtre où elles travaillaient, elle aurait peut-être été effrayée des yeux de Mme de Ferjol si elle les avait regardés, mais elle ne les regarda pas... Elle ne les cherchait point. Elle n'y voyait jamais de tendresse, cet aimant de la tendresse, qui mérite si bien son nom ! et elle s'épargnait de n'y voir que des sentiments sans douceur.

« comment te trouves-tu ?... dit Mme de Ferjol à Lasthénie, après un instant de silence, et en interrompant de piquer son aiguille dans le linge qu'elle marquait.

– Mieux », répondit Lasthénie, qui garda son front penché et qui continua de piquer la sienne dans son feston.

Mais des yeux de ce front penché tombèrent perpendiculairement et sans rouler sur le visage deux larmes pesantes, qui mouillèrent les mains et le travail de la jeune fille. Mme de Ferjol, l'aiguille levée, les regarda tomber, et elle en vit tomber deux autres, plus larges et plus lourdes.

« Alors, pourquoi pleures-tu ; car tu pleures ? » demanda la mère, d'une voix qui était comme un reproche ou une accusation de pleurer.

Lasthénie, troublée, essuya ses yeux du dos de sa main. Elle était plus pâle que la cendre de ses cheveux.
« Je n'en sais rien, maman, fit-elle. C'est physique, je crois...

– Je crois aussi que c'est physique, dit Mme de Ferjol en appuyant sur les mots. Pourquoi pleurerais-tu ? Pourquoi aurais-tu du chagrin ? Pourquoi serais-tu malheureuse ? »

Elle s'arrêta. Ses yeux noirs brûlants fixaient les beaux yeux clairs de sa fille, encore humides de larmes et que le feu des yeux sombres qui les regardaient sembla sécher, en les fixant.

Lasthénie résorba ses pleurs ; et les deux aiguilles reprirent leur mouvement dans le silence, qui recommença.

Scène bien courte, mais menaçante ! Elles venaient de se pencher sur le bord de cet abîme qui les séparait, le manque de confiance, et elles ne s'en dirent pas davantage ce jour-là... Cruel silence qui revenait toujours !

Il s'immobilisait entre elles, ce silence. Or, qu'y a-t-il de plus triste et même de plus sinistre qu'une vie intime dans laquelle on ne se parle plus ?... Malgré les résolutions de Mme de Ferjol, la peur de voir la tenait, et quelques jours muets passèrent encore. Mais, enfin, une nuit qu'elle ne dormait pas et qu'elle pensait à ce mutisme qui les courbait l'une en face de l'autre, sous l'oppression d'une inquiétude qui, des deux côtés, était de l'effroi, Mme de Ferjol eut bonté de sa faiblesse : « Qu'elle soit lâche, oui ! dit-elle, mais moi, non ! » Et elle se leva brusquement du lit où elle était couchée, et elle prit sur la table la lampe qu'elle n'éteignait jamais, pour voir, quand elle ne dormait pas, le crucifix pendu à son alcôve et prier avec plus de ferveur, en le regardant. Seulement, au lieu de le contempler et de le prier, cette nuit-là, elle l'arracha violemment du mur de l'alcôve, et elle l'emporta, comme une ressource désespérée, contre le malheur qu'elle allait chercher ; car elle allait en trouver un !...

Il fallait qu'elle en finît tout de suite avec l'insupportable anxiété qui la dévorait. Elle entra chez sa fille, la lampe d'une main, le crucifix de l'autre, en ses blancs vêtements de nuit, spectrale, effrayante. Heureusement, il n'y avait là personne pour la voir et qu'elle pût épouvanter ! C'était elle qui était l'Épouvante !

Qu'allait-elle faire ?... Lasthénie dormait alors sans souffle et sans rêves, de ce sommeil inanimé qui ressemble à la mort et qui prend, au soir, les êtres qui ont beaucoup souffert pendant le jour. Mme de Ferjol leva la lampe au-dessus du visage de sa fille, et y fit tomber la lumière frissonnante du frisson de sa main.

Puis, l'ayant abaissée, elle la promena autour du visage de l'enfant endormie dont elle voulait pénétrer le mal secret dans la naïveté du sommeil :

« Oh ! fit-elle avec une indicible horreur. Je ne me suis pas trompée ! J'avais bien vu... Elle a le masque. » Mot tragique, qui exprimait pour elle une chose terrible, et que Lasthénie, la virginale Lasthénie, n'eût pas compris, si elle l'avait entendu ! Et, s'acharnant à la regarder, après avoir déposé sur la table de nuit la lampe qu'elle tenait : « Oui ! elle l'a !... » dit-elle. Et dans un mouvement de fureur subite, elle leva tout à coup le crucifix, comme on lève un marteau, sur le visage de sa fille, pour écraser ce masque dont elle parlait. Mais ce ne fut qu'un éclair. Le lourd crucifix ne tomba point sur le visage tranquille de la jeune fille endormie, mais, chose non moins horrible ! c'est contre son visage, à elle-même, que cette femme exaspérée le retourna et qu'elle l'abattit !... Elle s'en frappa violemment, avec la frénésie d'une pénitence qu'elle voulait s'infliger dans un fanatisme féroce. Le sang jaillit sous la force du coup, et le bruit du coup réveilla Lasthénie, qui poussa un cri en voyant cette lumière soudaine, ce visage, ce sang qui coulait, et cette mère qui se frappait avec cette croix. « Ah ! tu cries ! tu cries maintenant ! fit Mme de Ferjol avec un affreux éclat d'ironie. Tu n'as pas crié quand il fallait crier. Tu n'as pas crié quand !... » Mais elle s'arrêta, hérissée, ayant peur de ce qu'elle allait dire, se cabrant devant ce qu'elle pensait ! « Oh ! dissimulée ! reprit-elle. Fille hypocrite, tu as bien su tout taire, tout cacher, tout engloutir ! Tu n'as pas crié, mais ton crime à présent crie sur ta face, et tout le monde va l'entendre crier comme moi ! Tu ne savais pas qu'il y avait un masque qui ne trompait point et qui dit tout ; un masque accusateur, et tu l'as ! » Lasthénie, surprise, épouvantée, ne comprenait rien aux paroles de sa mère, et elle serait peut-être devenue folle à cette horrible vision qui la réveillait en sursaut, si l'évanouissement ne l'eût préservée de la folie ; mais, sans pitié pour cet évanouissement dont elle était cause, l'implacable Mme de Ferjol laissa sa fille évanouie sur son chevet, et, tombant à genoux et des deux mains tenant à poignée le crucifix dont elle s'était frappée : « Ô mon Dieu, pardonnez-moi ! s'écria-t-elle en baisant les pieds du crucifix et en se déchirant les lèvres à ses clous.

– Pardonnez-moi son crime que je partage, car je n'ai pas assez veillé sur elle ! je me suis endormie comme vos disciples ingrats dans le jardin des Oliviers. Et le traître est venu quand je dormais. Ô mon Dieu, recevez mon sang en expiation de mon crime et du sien ! » Et elle redoublait ses coups contre sa poitrine et son front, et le sang ruisselait. « Que votre croix soit l'instrument de mon supplice, Seigneur Dieu terrible ! » Et elle s'affaissa et s'abîma sur la terre, perdue, anéantie dans l'idée de son péché et de sa damnation éternelle, devant ce Christ rigide aux bras droits et plus raidis vers Dieu et sa justice qu'étendus avec amour sur la Croix pour embrasser le monde sauvé. Image de ses bras, à elle, qui laissaient là sa fille à moitié morte, pour ne se tendre que vers le Ciel !

## VI

Quand Lasthénie revint à elle, sa mère accablée gisait dans la chambre, couchée par terre, la face collée au crucifix. Mais le mouvement que fit la jeune fille en reprenant connaissance et la plainte qu'elle jeta, tirèrent de son accablement madame de Ferjol, qui se leva, et se dressant de toute sa hauteur devant sa fille, avec son front ensanglanté :

– Tu vas tout me dire, malheureuse, – fit-elle impérieusement, – je veux tout savoir ! Je veux savoir à qui tu t'es donnée dans cette solitude où nous vivons comme deux recluses, et où il n'y a pas un homme fait pour toi ! –

Lasthénie poussa un cri encore, mais, sans force pour répondre, elle regarda sa mère avec la stupidité hagarde de l'étonnement...

« Oh ! dit Mme de Ferjol, plus de silence ! plus de mensonge ! plus de comédie ! Ne fais pas l'étonnée ! ne fais pas la stupide ! ajouta la dure mère, qui n'était plus une mère, mais un juge, et un juge prêt à devenir un bourreau.

– Mais, ma mère, s'écria la pauvre enfant, insultée dans son innocence et dans toutes ses pudeurs, et qui, révoltée de tant de cruauté et d'injustice aveugle, éclata en sanglots d'angoisse et de colère, que voulez-vous que je vous dise ? qu'avez-vous contre moi ?... Je ne sais rien. Je ne comprends rien à ce que vous dites, sinon que c'est affreux ! incompréhensible et affreux ! Vous me faites mourir ! Vous me rendez folle, et vous semblez l'être autant que moi, ma pauvre mère, avec vos horribles paroles et votre front qui saigne. . .

— Laisse-le saigner ! interrompit Mme de Ferjol, qui l'essuya d'un revers violent de sa main. S'il saigne, c'est pour toi, misérable fille ! Mais ne dis point que tu ne comprends pas. Tu mens ! Tu sais bien ce que tu as, peut-être ! Les femmes savent toutes cela, quand cela est. Rien qu'en se regardant, elles le savent. Ab ! je ne m'étonne plus que tu n'aies pas voulu aller à confesse, l'autre soir...

— Oh ! ma mère ! dit Lasthénie exaspérée, et qui, pour le coup, comprit l'infâme accusation de sa mère.

— Vous savez bien que ce que vous dites est impossible.

Je suis malade, je souffre, mais mon mal ne peut pas être la chose horrible que vous pensez. Je ne connais que vous et Agathe. Je ne vous quitte jamais...

— Tu vas seule promener à la montagne, dit Mme de Ferjol avec une atroce profondeur.

— Oh ! fit la jeune fille, dégradée par un tel soupçon. Vous me tuez, ma mère. Anges du ciel, prenez pitié de moi ! vous savez, vous, ce que je suis !

— N'invoque pas les anges, fille souillée ! tu les as fait fuir ! ils ne t'entendent plus ! » dit Mme de Ferjol incrédule, obstinément, aveuglément incrédule à cette innocence qui s'attestait avec une candeur si désespérée.

Et reprenant avec plus de fureur que jamais :

« N'ajoute pas le sacrilège au mensonge ! fit-elle, et brutalement elle ajouta le mot affreux dans sa trivialité : Tu es grosse, tu es perdue, tu es déshonorée ; nie-le, ne le nie pas, qu'importe ! L'enfant viendra, malgré tous tes mensonges, et te donnera un démenti.

Tu es déshonorée ! tu es perdue ! Mais je veux savoir avec qui tu t'es perdue, avec qui tu t'es déshonorée !

Réponds-moi tout de suite, avec qui ?...

« Avec qui ? avec qui ? » répétait-elle en prenant 1»épaule de sa fille et en la secouant avec tant de rage qu'elle la rejeta sur l'oreiller, et que la faible enfant y retomba plus blanche que l'oreiller lui-même.

C'était (en si peu d'instants !) le second évanouissement de Lasthé-nie ; mais la cruelle Mme de Ferjol n'en eut pas plus de pitié que du premier. Maintenant qu'elle avait demandé pardon à Dieu pour le crime de sa fille et pour le sien, à elle, qui ne l'avait pas surveillée avec assez de vigilance, elle aurait foulé aux pieds Lasthénie dans sa colère maternelle. Assise sur les pieds du lit de cette enfant dont elle venait par deux fois de faire un cadavre, elle la laissa reprendre ses sens comme elle put. Et ce fut long ! Lasthénie mit du temps à revenir à elle... L'orgueil que la religion n'avait pas dompté en Mme de Ferjol se soulevait dans le cœur de cette femme de race, naturellement fière, à la pensée à l'insupportable pensée qu'un homme, un inconnu, de bas étage peut-être, eût pu sans qu'elle s'en doutât lui déshonorer clandestinement sa fille, et le nom de cet homme, elle le voulait ! Quand Lasthénie rouvrit les yeux, elle vit sa mère penchée sur sa bouche, comme si elle eût voulu y chercher ou en arracher ce nom fatal.

« Son nom ! son nom ! lui dit-elle avec une expression dévorante. Ah ! fille hypocrite, je t'arracherai ce nom maudit, quand il faudrait aller le chercher jusqu'au fond de tes entrailles, avec ton enfant ! » Mais Lasthénie, écrasée par toutes les abominations de cette nuit, au lieu de répondre à sa mère, la regardait avec deux yeux grands et vides qui semblaient morts...

Et ils sont restés morts, ces yeux si beaux, couleur des saules, et depuis on ne les revit jamais plus briller, même dans les larmes, dont ils ont versé des torrents ! Mme de Ferjol ne dira rien de sa fille, ni cette nuit, ni plus tard, et ce fut de cette nuit funeste qu'elles entrèrent toutes deux, la mère et la fille, dans cette vie infernale dont elles ont vécu, les infortunées ! et à laquelle il n'y a rien de comparable dans les situations tragiques et pathétiques des plus sombres histoires. Ce lut vraiment là une histoire sans nom ! un drame étouffant et étouffé entre ces deux femmes du même sang, qui s'aimaient pourtant qui ne s'étaient jamais quittées, qui avaient toujours vécu dans le même espace, mais dont l'une n'avait jamais été mère, ni l'autre fille, par la confiance et par l'abandon... Ah ! elles payaient cher maintenant la réserve et la concentration réciproques dans lesquelles elles avaient vécu.

Et durent-elles s'en repentir ! Ce fut un drame profond, d'âme à âme, prolongé, mystérieux et dont il fallut épaissir le mystère, même aux yeux d'Agathe, qui ne pouvait pas connaître cette ignominie d'une grossesse que Mme de Ferjol, bien plus que Lasthénie, aurait voulu engloutir sous terre ; car Lasthénie, à ce moment-là, ne croyait pas à sa grossesse. Dans la nouveauté de ses sensations, elle croyait à une maladie inconnue, aux symptômes trompeurs, et à une erreur monstrueuse de sa mère. Elle se révoltait contre cette erreur... Elle se débattait douloureusement sous l'insulte de sa mère... Elle ne courbait pas la tête sous le déshonorant soufflet de ses reproches. Elle avait l'entêtement sublime de l'innocence... Et parce qu'elle ne ressemblait pas à cette mère passionnée, despotique et fougueuse, qui aurait rugi, comme une lionne, si elle eût été à la place de Lasthénie :

« comme vous vous repentirez un jour de m'avoir fait tant souffrir, ma mère ! » lui disait-elle avec la douceur d'un agneau qui se laisse égorger.

Mais le jour dont elle parlait ne vint jamais, et cependant beaucoup de jours passèrent entre cette mère sans miséricorde, qui ne pardonnait pas, qui ne parlait jamais de pardon, et cette fille qui mettait son bonheur à ne pas être pardonnée... Les jours passèrent, longs, farouches, ulcérés et noirs. Seulement, il en fut un plus désespéré que les autres et auquel Lasthénie ne s'attendait pas, et ce fut celui où le tressaillement intérieur que les mères heureuses appellent joyeusement : « le premier coup de talon » de l'enfant qui annonce sa vie et peut-être aussi le mal qu'un jour il fera à sa mère, lui apprit, à la malheureuse, que c'était elle, et non sa mère, qui s'était trompée.

Elles étaient, alors comme toujours, front contre front, dans l'embrasure de leur fenêtre occupant leurs mains fiévreuses en travaillant -, dévorées par la même peine muette. Un jour triste, quoique clair et aigu, filtrant comme du vent par un trou, de ce trou de là-haut formé par ces montagnes aux cimes rapprochées, tombait, dans cette salle sombre, sur leurs nuques, comme une guillotine de lumière.

Tout à coup, Lasthénie mit une de ses mains sur son flanc, en poussant un cri involontaire..., et au cri, et encore plus à l'inexprimable désolation qui envahit son visage déjà si profondément bouleversé, sa mère, qui semblait lire à travers elle, devina tout.

« Tu l'as senti, n'est-ce pas ? dit-elle. Il a remué.

Tu en es sûre maintenant. Tu ne nieras plus, obstinée ! Tu ne diras plus : non ! toujours ton stupide : non ! Il est là... Et elle porta la main où Lasthénie avait mis la sienne. Mais qui l'a mis là ? qui l'a mis là ? » fit-elle ardemment.

Elle revenait à la question éternelle, à la question acharnée avec laquelle elle poignardait, une fois de plus, la pauvre fille, atteinte, comme d'un éclat de foudre, par cette soudaine révélation de ses entrailles, qui donnait raison à sa mère. Les bras rompus, les jarrets coupés par la certitude de son malheur, Lasthénie répondit avec égarement à la question de sa mère : « qu'elle ne savait pas », ce mot insensé qui remuait toutes les colères maternelles ! Mme de Ferjol avait toujours cru que c'était la honte qui murait la bouche de sa fille, mais la bonté était bue maintenant.

La grossesse s'attestait par la vie même de l'enfant qui, dans ce ventre, venait de bondir sous sa main.

« Il y a donc fit-elle, réfléchie -, plus honteux que la honte de ta grossesse ! C'est la honte de l'homme à qui tu t'es donnée, puisque tu te tais. » Et l'idée qui lui était passée par la tête, un jour, du capucin de l'étrange capucin -, lui revint tout à coup, non pas comme à Agathe, la superstitieuse Agathe qui croyait aux sorts, mais comme à une femme qui ne croyait, elle, qu'aux sortilèges de l'amour, et qui en avait aussi été la victime... Pour elle, ce n'était pas une chose impossible qu'un amour caché sous une haine ou une antipathie menteuse, et dont la révélation éclatait dans le foudroiement d'une grossesse. Mais elle repoussait cette idée d'un crime qui, pour elle, devait être le plus grand de tous, puisqu'un prêtre l'aurait commis. Elle la repoussait encore plus par respect pour le caractère de l'homme de Dieu que par foi en l'innocence de sa fille. Elle savait, par son expérience personnelle, la fragilité de toute innocence ! Seulement, curieuse, opiniâtrement et involontairement curieuse, quoique épouvantée, n'osant dire tout haut sa pensée qui l'épouvantait tout bas et qui la traversait parfois avec le froid d'un glaive, elle recommençait de hacher et de massacrer de la question éternellement acharnée cette fille au désespoir, à moitié morte de cette grossesse incompréhensible ; et qui, abêtie, finit bientôt par ne plus répondre à rien que par du silence et des pleurs.

Mais ni les intarissables pleurs, ni le mutisme de bête assommée dans lequel tomba et resta Lasthénie sous les coups infatigables des questions de sa mère, ne lassèrent et ne désarmèrent cette âme brûlante de Mme de Ferjol. Toujours, dès qu'elles étaient seules, le supplice de ces questions recommençait... Et à présent, elles étaient seules presque toujours. Le tête-à-tête de toute la vie de ces deux femmes, dans cette immense maison vide, au bas de ces montagnes qui, de leur rapprochement, semblaient les pousser l'une sur l'autre et les étreindre dans une plus stricte intimité, devint plus absolu qu'il ne l'avait été jamais. Agathe, cette ancienne domestique éprouvée qui s'était arrachée de son pays pour suivre Mme de Ferjol dans la coupable fuite de son enlèvement, sans se soucier des mépris qui s'attacheraient peut-être à elle là-bas, dans le pays, comme à sa maîtresse, Agathe avait souvent interrompu cet effroyable tête-à-tête. Quand elle avait fait le ménage de cette grande maison, elle avait coutume de venir coudre ou tricoter dans cette salle où ces dames travaillaient en cette monotone routine de tous les jours qui était pour elles l'existence, l'immobile existence. Mais depuis que Mme de Ferjol savait le secret du mal de Lasthénie, elle éloignait, sous un prétexte ou sous un autre, Agathe de sa fille. Elle craignait les yeux affilés de cette vieille dévouée, qui adorait Lasthénie, et les pleurs que la pauvre fille ne pouvait retenir et qui coulaient silencieusement, de longues heures, sur ses mains, tout en travaillant...

« Pour honte et pour tout lui disait-elle quand la vieille Agathe n'était plus là -, retenez vos pleurs devant Agathe ! » À présent, elle ne tutoyait plus Lasthénie.

« Vous avez bien la force de vous taire ! Vous aurez bien celle de ne pas pleurer. Avec tous vos airs délicats, vous êtes une fille forte. Si vous êtes née faible, le vice vous a donné sa force. Je ne suis que votre mère, à moitié coupable de votre crime, puisque je n'ai pas su vous empêcher de le commettre, mais Agathe est une honnête servante, et si elle pouvait seulement se douter de ce que je sais, elle vous mépriserait. » Et elle insistait beaucoup sur le mépris d'Agathe, sur ce mépris d'une servante dont elle se servait pour humilier davantage Lasthénie et pour lui faire dire, sous la pression de ce mépris, le nom qu'elle ne disait pas. Mme de Ferjol s'entendait aux mots poignants !

Elle aurait voulu trouver plus bas que le mépris d'une servante pour le jeter au visage et à l'âme de sa fille.

Mais Agathe aurait-elle su la honteuse vérité qu'on lui cachait, qu'elle n'aurait jamais eu le cœur de mépriser Lasthénie ! Elle n'aurait eu pour elle que de la pitié.

Ce qui est du mépris pour les âmes altières devient de la pitié dans les âmes tendres, et Agathe était une âme tendre que les années n'avaient pas durcie. Lasthénie le savait bien.

« Agathe n'est pas comme ma mère, pensait-elle.

Elle ne me mépriserait pas ; elle ne m'accablerait pas.

Elle aurait pour moi de la pitié. » Et que de fois cette fille infortunée avait, dans le malheur qui était tombé sur sa vie, été tentée de se jeter dans les bras de celle qu'elle avait appelée si longtemps sa « bonne », quand elle était enfant et qu'elle avait des chagrins d'enfant.

Mais sa mère l'idée de sa mère la retenait. L'ascendant de Mme de Ferjol sur sa fille avait toujours été irrésistible, et cet ascendant était devenu terrifiant. Elle la médusait avec ses regards toujours fixés sur elle, quand Agathe était là... Et Agathe non plus n'osait due une seule de ses pensées, quand elle regardait, en tricotant, par-dessus ses lunettes, ces deux femmes travaillant l'une devant l'autre dans une désolation silencieuse. Ses pensées n'avaient pas changé, mais elle les gardait en elle depuis qu'elles avaient été accueillies par des haussements d'épaules de Mme de Ferjol.

Celle-ci, pour expliquer la pâleur, les défaillances et les larmes qu'elle disait « nerveuses » de sa fille, avait inventé une maladie à laquelle « le médecin de cette ignorante bourgade ne comprenait rien », et pour laquelle elle faisait soi-disant venir, par correspondance, des consultations de Paris. Il était plus facile, en effet, de soustraire Lasthénie à l'observation d'un médecin qui aurait tout vu, au premier coup d'oeil, que de l'éloigner de la superstitieuse Agathe.

D'ailleurs, était-il possible de lui cacher éternellement l'état de Lasthénie ? Est-ce que cet état, effrayant déjà, ne déconcerterait pas les ruses de Mme de Ferjol et ne devrait pas devenir d'une telle évidence, se marquer de symptômes tellement accusateurs, que même cette vieille innocente d'Agathe, dont la pureté frisait la myopie, ne finirait pas par voir un jour la vérité ?...

Nécessité inévitable ! Mme de Ferjol y pensait bien.

Elle sentait bien qu'il faudrait un jour ou dire tout à Agathe, ou supprimer Agathe... Supprimer Agathe, qui ne l'avait jamais quittée ! dont elle connaissait l'affection et le dévouement !. La renvoyer dans son pays ! Et ne pas reprendre de domestique par la raison précisément qui faisait congédier Agathe, et vivre, seule avec sa fille, au conspect de toute cette bourgade, respectueuse, mais curieuse et malveillante, dans cette maison sans servante, au fond de ce gouffre de montagnes, comme deux âmes dans un abîme de l'Enfer !

Elle voyait cela dans l'effroi de la perspective. Incessamment, elle roulait en elle l'effrayant problème :

« Dans quelques mois, comment ferons-nous ?... » Mais son orgueil maternel, qui s'ajoutait à son autre orgueil, l'arrêtait, suspendait sa résolution et l'empêchait de prendre un parti, qu'il fallait prendre cependant. Cette nécessité devant laquelle se révoltait l'âme violente de Mme de Ferjol, était comme un point de feu, inextinguible et fixe, qui s'élargissait dans sa pensée et dans les ténèbres de l'inévitable avenir qui chaque jour s'approchait qui chaque jour faisait un pas de plus.

Quand elle ne disait rien à sa fille, à laquelle elle ne parlait plus que pour lui mettre sur la gorge la question qui restait sans réponse, que pour se cogner contre le beau front, devenu obtus, de Lasthénie, elle résistait aussi en son âme à cet aveu, impossible pour une Ferjol, d'une faute qui déshonorait ce nom dont elle était si fière, et elle se répétait intérieurement : « comment ferons-nous ? » Elle y pensait le jour, Mme de Ferjol, la nuit, à toute heure, même quand elle faisait ses prières. Elle y pensait à l'église, devant le tabernacle, devant la table de communion abandonnée ; car la janséniste qu'elle était ne communiait plus, ne se croyait plus digne de communier, depuis le crime de sa fille. Lorsque, dans l'église, on pouvait la croire absorbée dans quelque prière et qu'elle s'y tenait agenouillée, les coudes sur le prie-Dieu de son banc, prenant de ses mains dégantées, à poignées, sur ses tempes, ses forts cheveux noirs dans lesquels les blancs apparaissaient par vagues, comme ils apparaissent lorsque nous souffrons, elle était la proie du problème et de l'incertitude qui, pour l'heure, rongeait et consumait sa vie. L'inquiétude, en elle, allait jusqu'au vertige..., et cette anxiété, mêlée à l'inconsolable chagrin que lui causait la chute de sa fille, lui donnait contre elle une humeur et un ressentiment farouches qui touchaient à la férocité.

Mais, hélas ! la plus victime des deux était encore Lasthénie. Certes ! Mme de Ferjol était bien malheureuse. Elle souffrait dans sa maternité, dans sa fierté de mère et de femme, dans sa conscience religieuse et même dans cette force qu'on paye quelquefois atrocement cher ; car les êtres physiologiquement forts n'ont ni le soulagement, ni l'apaisement des larmes, et ils étouffent de sanglots qui ne peuvent pas sortir.

Mais enfin elle était la mère ; elle était le reproche ; elle était l'insulte ; et Lasthénie n'était que la fille, l'objet de l'éternel reproche, l'insultée qui devait boire à pleines gorgées l'insulte de sa mère, de sa mère, qui, maintenant, avait cruellement raison contre elle, qui l'écrasait de l'évidence indéniable de sa faute, qu'elle appelait un crime. Épouvantable vie domestique ! épouvantable pour toutes deux ! Mais c'était certainement Lasthénie qui devait souffrir le plus de cette abominable intimité. Il est dans le malheur un moment où, comme on le dit du bonheur, il n'y a plus d'histoire possible, et où ce qui est inénarrable, l'imagination est obligée de le deviner. Ce moment dans le malheur était arrivé pour Lasthénie. Elle était changée au point qu'on n'aurait pu la reconnaître ; que ceux qui l'avaient trouvée charmante n'auraient pas pu dire que c'était là, il y avait si peu de temps, la jolie demoiselle de Ferjol !

Elle faisait peur, cette suave Lasthénie, ce pur muguet, né dans l'ombre portée de ces montagnes et qui y tranchait par la blancheur de son éclat. Ce n'était plus la « pâle Rosalinde » de Shakespeare, avec cette pâleur qu'elle avait eue et qui est la beauté des âmes tendres. Elle n'était plus qu'une blême momie, une momie étrange, qui pleurait toujours, et dont la chair, au lieu de se sécher comme celle des momies, s'amollissait, se macérait et se pourrissait dans les larmes. Elle traînait péniblement à présent sa taille appesantie, et souffrait horriblement de ce ventre qui grossissait toujours. Elle aurait voulu le cacher perpétuellement dans les plis flottants du peignoir.

Mais sa mère ne le permettait pas. Il fallait aller à l'église. Sa mère l'exigeait, et d'autorité l'y conduisait.

Avec ses idées religieuses, Mme de Ferjol devait croire que l'influence de l'église pouvait faire du bien à Lasthénie, à cette âme coupable et fermée. Elle pouvait bien ouvrir son cœur et lui faire verser ce qu'il renfermait dans le cœur de sa mère.

« Vous n'êtes pas assez près de vos couches lui disait-elle avec une sévérité méprisante pour ne pas aller demander pardon à Dieu dans sa maison sainte. » Et, pour l'y conduire, c'était elle que l'habillait.; ce n'était plus Agathe. C'était elle qui, au moment de sortir, lui entortillait la tête dans un voile épais dût Lasthénie étouffer là-dessous ! pour cacher ce masque qu'elle avait vu et qu'elle n'eût pas mieux caché, quand il aurait été une

63

lèpre... Et ce n'était pas seulement le visage qu'il fallait dissimuler !

C'était ce ventre, qui aurait tout révélé aux regards les moins observateurs, et, pour cela, elle laçait elle même le corset de Lasthénie, et elle ne craignait pas de le serrer trop fort et de lui faire mal... Dans l'espèce d'exaspération où elle vivait, par le fait du silence obstiné de sa fille, madame de Ferjol avait quelquefois, en la laçant, une main irritée ; et si sa main crispée appuyait, et si la pauvre enceinte poussait sous cette pression un gémissement involontaire : « Ah ! lui disait-elle avec une dureté ironique, il faut bien souffrir un peu pour se cacher quand on est coupable... » Et pour peu que la malheureuse torturée se plaignît encore : « Avez-vous donc si peur que je vous le tue ? reprenait madame de Ferjol avec une sauvage amertume. Soyez tranquille ! Ces enfants-là, venus par le crime, vivent toujours. »

## VII

Cependant, au milieu de ces férocités, il y eut un instant où cette mère outrée, mais non pas sans entrailles, s'arrêta dans le supplice qu'elle infligeait à sa fille. Sentit-elle que, même coupable, c'était vraiment trop ?... Fut-elle touchée de ce visage qui avait été délicieux et qui n'était plus qu'une fleur broyée, ou bien fut-ce une ruse de cette âme acharnée pour surprendre le secret que cette fille si faible, et forte pour la première fois, avait l'incroyable énergie de garder caché dans son cœur ?... Elle se connaissait en amour. « Il faut qu'elle aime furieusement, pensait-elle, pour avoir cette force, elle si douce de nature et si peu faite pour résister ! » Et voilà que, tout à coup, elle changea de ton avec Lasthénie. Voilà que son âpreté s'adoucit et qu'elle revint même au tutoiement de la tendresse !

« Écoute lui dit-elle -, malheureuse et funeste enfant, tu meurs de chagrin et tu m'en fais mourir avec toi. Tu perds ton âme et tu perds la mienne ! Car te cacher, c'est mentir, et tu me fais partager ton mensonge, avec cette humiliante comédie de tous les moments qu'il faut jouer pour cacher ta honte, tandis qu'un mot dit de cœur à cœur à ta mère pourrait peut-être tout sauver. Un mot dit par toi te mettrait peut-être dans les bras où tu t'es mise une fois. Dis-moi le nom de l'homme que tu aimes. Il n'est peut-être pas si bas que tu ne puisses l'épouser. Ah ! Lasthénie, je me reproche d'avoir été si dure avec toi ! Je n'en ai pas le droit, ma fille. Je t'ai caché ma vie. Tu ne sais, ni toi, ni les autres, qu'une seule chose, c'est que j'ai aimé follement ton père et qu'il m'a enlevée... Mais tu ignores et le monde aussi -, que moi, comme toi, ma pauvre fille, j'avais été coupable et faible, et qu'il m'avait mise dans l'état où tu es, quand il m'amena dans ce pays pour m'épouser. Le bonheur du mariage cacha une faiblesse dont je n'eus jamais à rougir que devant Dieu seul. Ta faute, à toi, ma pauvre fille, est, sans doute, une punition et une expiation de la mienne. Dieu a de ces talions terribles ! J'ai épousé ton père. J'épousais mon Dieu !

Mais le Dieu du ciel ne veut pas qu'on lui préfère personne, et il m'en a punie en me le prenant et en faisant de toi une fille coupable comme je l'avais été. Eh bien, pourquoi n'épouserais-tu pas aussi celui que tu aimes ?

– car tu l'aimes !... Si tu ne l'aimais pas follement comme j'ai aimé ton père, tu ne te tairais pas... » Elle s'arrêta. On voyait que cela lui coûtait immensément, ce qu'elle venait de dire ! mais elle l'avait dit.

Elle s'était avouée l'égale de sa fille dans la faute. Elle n'avait pas reculé devant certaine humiliation, la dernière ressource. qui lui restât pour savoir la vérité qu'elle brillait de connaître. Elle s'était résignée à rougir devant son enfant, elle qui avait une si grande idée de la maternité et du respect qu'une fille doit à sa mère !... Parce qu'elle lui apprenait aujourd'hui une chose que personne n'avait sue dont personne au monde ne s'était douté et que le mariage avait si heureusement cachée, elle se dégradait comme mère, aux yeux de Lasthénie, et c'est pour cela qu'elle avait tant tardé à faire ce dégradant aveu !... Elle ne l'avait fait qu'à la dernière extrémité, mais elle en avait bien longtemps roulé en elle-même la pensée. Quel effort n'avait-il pas fallu à son âme robuste pour se résoudre à cet aveu qui l'abaisserait dans l'âme de sa fille ?

Mais enfin, elle s'était domptée, et elle l'avait fait.

Seulement, ce fut en vain. Lasthénie n'en fut pas touchée. Elle écouta l'aveu de sa mère comme elle écoutait tout maintenant, sans répondre jamais, épuisée qu'elle était de courage et de négations inutiles. Aux reproches de Mme de Ferjol, à ses impatiences, à ses objurgations, à ses colères, elle était aussi insensible qu'une bête morte. Elle fut de même à cet aveu. Était-ce un parti désespéré pris par elle, la certitude qu'elle ne pourrait convaincre sa mère de son innocence devant le signe visible de sa grossesse ? Mais cette tendresse, si soudainement montrée, de Mme de Ferjol, cette confiance qui appelait la confiance, cette confession d'une faiblesse égale à la sienne qui devait tant coûter à l'orgueil d'une mère vis-à-vis de sa fille, ne pénétrèrent pas dans l'âme dé Lasthénie, qui ne s'était jamais ouverte à sa mère, et que, d'ailleurs, la douleur de son incompréhensible état idiotisait. Il était trop tard ! Lasthénie avait cru longtemps à tout autre chose qu'une grossesse. Elle avait connu dans la bourgade même qu'elle habitait une malheureuse qu'on avait crue grosse, et qu'on avait déshonorée et traînée sur la claie des plus mauvais propos pendant les mois de sa grossesse, mais qui, les neuf mois écoulés, resta grosse... d'un horrible squirre dont elle n'était pas morte encore, et qui, certainement, devait un jour la faire mourir. Lasthénie, comble de l'infortune ! Lasthénie avait espéré en ce squirre comme on espère en Dieu.

« Ce sera toute ma vengeance pensaitelle contre ma mère et ce qu'elle me dit de cruel ! » Mais cette affreuse espérance, elle ne l'avait plus.

Elle ne doutait plus. L'enfant avait remué, et ce remuement dans ses entrailles lui avait remué, du même coup, quelque chose dans le cœur qui était, peut-être, l'amour maternel !

« Eh bien, parleras-tu maintenant, Lasthénie ?

Rendras-tu à ta mère confiance pour confiance, aveu pour aveu ? fit Mme de Ferjol presque caressante.

– Tu ne dois plus avoir peur à présent d'une mère qui fut un jour aussi faible et aussi coupable que toi, et qui peut te sauver, ajouta-t-elle, en te donnant celui que tu aimes ? . . . » Mais Lasthénie ne semblait pas entendre, même physiquement, la voix qui parlait. Elle était sourde.

Elle était muette. Sa mère la regardait, aspirant la réponse qui ne sortait pas de ses lèvres blêmes.

« Voyons ! ma fillette, nomme-le-moi ! » lui dit-elle en prenant une de ses mains inertes, croyant l'entraîner doucement par cette main sur sa poitrine. Mouvement maternel qui, lui aussi, arrivait trop tard !...

Elles étaient alors dans la haute salle qu'elles ne quittaient jamais, et où les montagnes qui faisaient une ceinture à leur triste maison envoyèrent leurs ombres et en redoublaient la tristesse. Elles se tenaient dans leur embrasure. Ah ! sait-on bien le nombre des tragédies muettes entre filles et mères qui se jouent dans ces embrasures de fenêtre, où elles semblent si tranquillement travailler ?... Lasthénie y était assise, droite, rigide et pâle comme un médaillon de plâtre ressortant sur le brun du chêne qui revêtait les murs. Mme de Ferjol penchait son front sombre sur son ouvrage, mais Lasthénie, accablée comme si le ciel se fût écroulé sur elle, laissait tomber et couler, de ses mains découragées, son feston à terre, dans l'immobilité d'une statue, la statue de la Désolation infinie ! Ses yeux si nacrés, si frais et si purs, étaient littéralement tués de larmes. Ils avaient autour des paupières cet ourlet d'un rouge âcre qu'y avait laissé et qu'y ravivait l'incessante brûlure des pleurs ; et ces yeux qui commençaient de s'érailler, comme s'ils avaient pleuré du sang, n'exprimaient plus rien, pas même le désespoir ! car Lasthénie était en train de tomber plus bas que dans l'absorption fixe du fou. Elle allait tomber dans le vide fixe de l'idiot.

Sa mère la contempla longtemps avec la pitié mêlée de terreur que lui causait le désastre de ce visage. Elle n'avait jamais dit à sa fille qu'elle la trouvait belle ; mais, au plus profond de son âme, elle n'avait pas moins la fierté du visage de Lasthénie, quoiqu'elle n'en parlât jamais, la janséniste austère, de peur d'exalter deux orgueils, celui de sa fille et le sien. Aujourd'hui, ce visage ravagé la navrait, de le voir ! « Ah ! pensait-elle, cette fille charmante sera peut-être affreuse et tout à fait imbécile demain ! » Elle voyait déjà poindre le hideux idiotisme à travers cette fille, morte avant d'être morte..., car on croit que les corps de la plupart de ceux qui meurent s'en vont de ce monde les premiers et avant leurs âmes, mais pour d'autres, les corps restent là, dans la vie, quand les âmes, depuis bien longtemps, n'y sont plus !

Et le soir les prit dans ce face à face, de quatre pieds carrés, dans lequel se parquait leur vie, le soir, qui venait vite dans le fond de puits de cette bourgade obscure, et qui ramenait l'heure de leur prière du tomber du jour, à l'église.

« Viens prier Dieu pour qu'il te descelle le cœur et les lèvres et te donne la force de parler », dit Mme de Ferjol. Mais, indifférente à Dieu qui n'avait pas pitié d'elle, comme elle était indifférente à tout, Lasthénie resta à sa place, et Mme de Ferjol fut obligée de saisir par le poignet cette créature qui n'était plus qu'une chose douloureuse, et qui, automatiquement, céda à sa mère et se leva.

« Tiens ! dit Mme de Ferjol, en soulevant la main de sa fille à la hauteur de ses yeux tu n'as plus la bague de ton père ! Qu'en as-tu fait ? L'as-tu perdue ?

Ne te sens-tu plus digne de la porter ? » L'abîmement dans leur malheur domestique avait été si grand pour ces deux femmes, que ni l'une ni l'autre ne s'était aperçue que la bague manquait à la main qui avait l'habitude de la porter.

-Lasthénie, qui ne comprenait plus rien à rien, regarda sa main, dont elle écarta les doigts avec un mouvement insensé.

« Est-ce que je l'ai perdue ? fit-elle, comme si elle fût sortie d'un évanouissement.

– Oui ! tu l'as perdue..., comme tu t'es perdue !

– Dit Mme de Ferjol avec un regard qui redevint noir et implacable. Tu l'auras donnée à qui tu t'es donnée !... » Et elle reprit toute sa dureté. Elle était tellement épouse, cette femme plus épouse que mère, que cette perte d'une bague de l'homme adoré qui l'avait portée et que sa fille avait égarée, lui paraissait chose pire que de s'être perdue elle-même.

Ce soir-là, et les jours suivants -, Agathe chercha partout dans la vaste maison la bague, qui pouvait très bien être tombée du doigt amaigri de Lasthénie.

Elle ne la trouva pas. Et ce fut une raison de plus pour que jamais une minute de compassion ne revînt au cœur de Mme de Ferjol, et pour que ses ressentiments devinssent d'une cruauté qui ne faiblît plus !

Ce soir-là, elles oublièrent d'aller à l'église.

Si elles y étaient allées, Mme de Ferjol y aurait porté la pensée qui l'avait hantée si souvent par intervalles, niais qui, finalement, s'empara d'elle comme une griffe, après ce mutisme invincible de Lasthénie.

« Puisqu'elle ne veut pas me dire le nom du coupable se dit-elle, c'est donc qu'il ne peut pas l'épouser. » Et alors la pensée lui revenait de cet effrayant capucin qui lui fascinait la pensée et dont elle n'aurait pas osé prononcer le nom devant sa fille, ni dans sa conscience, à elle-même, quand elle y pensait. Ce nom seul, les lettres de ce nom seul à prononcer lui faisaient peur... Assembler les lettres de ce nom et le prononcer tout bas lui paraissait un monstrueux sacrilège. C'en était un pour elle que de mal penser d'un religieux et d'un prêtre qui, tout le temps qu'il avait vécu auprès d'elle, lui avait paru irréprehensible. Ce qu'elle frémissait de penser, mais cependant ce qu'elle pensait, était bien possible sans doute humainement possible ; mais elle, la pieuse femme, qui croyait à la vertu surnaturelle des sacrements, repoussait le possible, qu'elle regardait comme l'impossible pour un prêtre nourri chaque jour de la substance de Dieu. « Ah ! Seigneur ! s'écriait-elle dans ses prières faites, Seigneur, que ce ne soit pas lui ! » Elle ne l'appelait plus que LUI, même mentalement... D'ailleurs, à quel moment (se disait-elle quand elle voulait raisonner contre son épouvante) le crime aurait-il été consommé, ce crime encore plus contre Dieu que contre sa fille ?... Lui n'avait jamais vu l'une sans l'autre de ces deux femmes qui l'avaient hébergé quarante jours. Excepté à l'heure des repas, il n'était jamais descendu de sa chambre, dont il avait fait une cellule. C'était donc absurde, c'était donc insensé, ce qu'elle pensait ! Mais ce qu'elle pensait et ce qu'elle chassait comme une pensée de l'Enfer, revenait en elle avec un acharnement infernal, malgré son évidente absurdité. Obsession, hallucination, vision terrifiante qu'elle fixait des yeux infatigables de son esprit, comme ce fou dont la folie était de regarder fixement le soleil et de se faire manger les yeux par l'astre dévorant de lumière ; mais, plus malheureuse que ce fou bientôt aveugle qui n'eut plus que deux trous saignants à la place de ses yeux dévorés, elle ne devint pas intellectuellement aveugle à regarder l'horrible soleil intérieur qui la brûlait et qu'elle fixait et qu'elle voyait toujours ! Cela finissait par la plonger dans des silences comme ceux de Lasthénie... Et si elle se détournait une minute de cette fascination absorbante dont elle demandait vainement à Dieu de la délivrer, c'est qu'une autre pensée non moins puissante, non moins impérieuse, se dressait en elle, la pensée du temps qui marchait !

Il marchait, en effet, comme le temps va, impitoyable, et il allait tout apprendre de la honte des dames de Ferjol à cette bourgade où elles avaient vécu, dix-huit ans, respectées. Le terme de Lasthénie approchait. Ah ! il fallait partir ! il fallait s'en aller ! il fallait disparaître ! Mme de Ferjol, qui ne voyait personne, fit répandre, un matin, par Agathe, au marché du bourg, qu'elle retournait en son pays... C'était la seule chose qui pouvait amoindrir le chagrin d'Agathe, affligée de l'état inexplicable, et peut-être sans remède de Lasthénie, qu'elle croyait toujours la proie d'un Démon, que de quitter ce pays qu'elle avait en horreur, ce cul-de-basse-fosse où depuis dix-neuf ans elle étouffait... Elle allait donc revoir son Cotentin et ses herbages ! Pour s'en aller, Mme de Ferjol avait prétexté la santé de sa fille. Il était nécessaire de lui faire changer d'air. Elle avait naturellement choisi l'air du pays qui était le sien et où elle avait une grande fortune. Elle donna à Agathe toutes les raisons bêtes qui cachaient la vraie et spirituelle raison de son départ, et que, ravie de son retour en Normandie, Agathe n'examina pas, ne discuta pas, mais accepta avec une indicible joie. Elle était folle de revenir au pays où elle était née ! Or, tout autant avec Agathe qu'avec personne, Mme de Ferjol voulait garder le secret de sa fille, qui était le sien, puisque au regard de sa conscience la grossesse de Lasthénie la déshonorait presque autant qu'elle. Pour cela, Mme de Ferjol avait tourné et retourné sous toutes les faces la pensée de ce qu'elle pouvait faire dans la circonstance d'une grossesse, pour la cacher sans crime. Car le crime, ce crime de l'avortement et de l'infanticide qui est devenu d'une si abominable fréquence dans l'état actuel de nos misérables mœurs, et qu'on pourrait appeler : Le Crime du XIXe siècle, l'idée n'en effleura même pas cette âme droite, religieuse et forte.

Excepté à celui-là, Mme de Ferjol s'était heurtée et déchirée à tous les angles de la question terrible. Elle avait fait et défait bien des projets... Elle aurait pu s'en aller avec sa fille, par exemple, dans cet immense Paris où tout se noie et disparaît, ou dans quelque ville, à l'étranger, et en revenir, sa fille délivrée. Elle était riche. Avec de l'argent, beaucoup d'argent, on parvient à sauver tout, jusqu'aux apparences. Mais, aux yeux d'Agathe, comment justifier de s'en aller, avec sa fille malade, on ne sait où, et de laisser à la maison la vieille et fidèle servante, à laquelle, dans la plus grande et la plus périlleuse circonstance de sa vie, Mme de Ferjol lors de son enlèvement, avait promis par reconnaissance de ne jamais se séparer d'elle, quoi qu'il pût advenir ?... Elle le lui avait juré. D'ailleurs, ce parti, si elle l'avait pris, aurait certainement donné à Agathe le soupçon dont elle ne voulait pas que sa fille fût flétrie dans la pensée de qui la croyait un ange d'innocence pour avoir été le témoin de la pureté de toute sa vie. C'est alors que l'idée de son pays lui était venue, qu'elle s'y était arrêtée. Elle pensa qu'après vingt ans d'absence elle devait y être bien profondément oubliée, et que tous ceux-là qui l'avaient connue dans sa jeunesse devaient être morts ou dispersés, et elle se dit :

« Nous irons nous engloutir là. Agathe, ivre de son pays retrouvé, ne verra rien de ce qui doit mourir entre moi et Lasthénie. Nous mettrons l'épaisseur de la sensation de son pays entre elle et nous. » Dans ses projets, la solitude que Mme de Ferjol devait se créer serait d'un tout autre isolement que celle dont elle avait vécu au bourg des Cévennes. Elle n'habiterait en Normandie ni ville, ni bourgade, ni village, mais son vieux château d'Olonde, situé dans ce coin de pays perdu qui est entre la côte de la Manche et une des extrémités de la presqu'île du Cotentin. Il n'y avait pas alors de grande route tracée allant de ce côté. Le château était gardé par de mauvais chemins de traverse, aux ornières profondes, et aussi, une partie de l'année, par ces vents du sud-ouest qui y soufflent la pluie, comme s'il avait été bâti en ces chemins perdus, par quelque misanthrope ou quelque avare qui aurait voulu qu'on n'y vînt jamais. C'est là qu'elles s'enfonceraient toutes deux, comme des taupes, sous terre, ces deux Hontes !... La résolue Mme de Ferjol s'était bien promis que même au dernier jour, au jour fatal, elle n'appellerait pas de médecin, et qu'elle suffirait bien, elle toute seule, à cette besogne sacrée d'accoucher sa fille de ses mains maternelles ! Mais c'est ici que le frisson la prenait, cette héroïque et malheureuse femme, et qu'une voix lui criait du fond de son être :

« Eh bien, après ?. . . après qu'elle sera délivrée ? ...

72

Il y aura l'enfant ! Ce ne sera plus la mère, mais l'enfant, qu'il faudra cacher ; l'enfant, dont la vie pourrait tout trahir et rendre les précautions prises jusque-là, inutiles ! » Et alors elle recommençait de se dé battre dans le problème qu'elle voulait résoudre et qui l'étranglait comme un nœud. Mais il n'y avait plus à délibérer. Le temps s'en venait jour par jour, comme la mer s'en vient, flot par flot. On ne pouvait plus attendre. Le plus pressé, c'était de partir ! C'était de s'arracher à cette bourgade qui les dévisageait ! Madame de Ferjol fit comme tous les désespérés, sous l'empire d'une idée qui ne les sauvera pas, mais qui recule la catastrophe inévitable dans laquelle ils doivent périr. Elle se paya de ce mot, qu'on dit sans y croire : « Qu'on trouvera peut-être un moyen de salut au dernier moment », et elle se jeta, elle et sa fille, comme dans un gouffre, dans la chaise de poste qui les emporta.

## VIII

Cette histoire sans nom d'un mystérieux malheur domestique tombé, on ne sait d'où ni comment, sur ces deux femmes cachées dans l'ombre d'une citerne, mais visibles à l'œil du Destin, se passait, en même temps, au fond d'une autre ombre qui ajoutait à celle-là et qui l'épaississait, et c'était l'ombre du cratère ouvert tout à coup sous les pieds de la France et dans lequel les malheurs privés disparurent, un instant, sous les malheurs publics. Lorsque madame de Ferjol quitta les Cévennes, la Révolution française, qui commençait, n'était pas encore assez avancée pour que son voyage en Normandie rencontrât les suspicions et les obstacles auxquels il aurait été exposé plus tard. Ce voyage, quoique fait en poste, fut long et pénible. Lasthénie souffrit si horriblement des cahots de la chaise de poste qui la secouait et qui la brisait, sur ces routes qui n'étaient pas alors ce qu'elles sont devenues depuis, qu'on fut obligé, à l'humiliation des postillons, encore fringants en ce temps-là, de s'arrêter tous les soirs, à la couchée, dans les auberges, non pour relayer, mais pour ne repartir que le lendemain. « Nous marchons comme un corbillard », disaient avec mépris les postillons ; et ils disaient plus vrai qu'ils ne croyaient : la voiture qu'ils menaient renfermait presque une morte... C'était Lasthénie. Quand elle pâlissait et sursautait à tous les chocs de cette dure chaise de poste contre les pierres du chemin, elle était toujours sur le point de s'évanouir. Le Démon, qui est en embuscade dans les meilleures et les plus fortes âmes, traversait alors de l'éclair d'un désir sinistre l'âme de madame de Ferjol. « Si elle pouvait faire une fausse couche ! » pensait-elle ; mais la vertueuse femme étouffait ce désir. Elle l'étouffait, avec l'horreur de l'avoir conçu. Le rapprochement de cette mère et de cette fille dans cette voiture était encore plus étroit que dans leur éternelle embrasure de fenêtre. Elles ne s'y parlaient pas davantage. Que se seraient-elles dit ? Elles s'étaient tout dit... Précipitées et absorbées en elles-mêmes, ni l'une ni l'autre ne songea à mettre une seule fois la tête à la portière de la voiture, pour y chercher du regard, en passant, la distraction de quelque paysage ou l'intérêt physique de la plus mince curiosité. Elles n'en avaient plus pour rien... Elles passèrent les longues heures de leurs jours de voyage dans un silence pire que le reproche, sans pitié ni pour l'une ni pour l'autre atroces toutes les deux dans un ressentiment farouche ; car elles s'en voulaient : l'une de n'avoir pu rien tirer de cette fille stupide et obstinée qui était la sienne et qui était là, genou à genou, avec elle ; et l'autre, de tout ce que pensait d'elle sa mère, son injuste mère... Ce long voyage à travers la France fut pour elles deux un chemin de croit de cent cinquante lieues..., et même pour Agathe, malgré sa joie de retourner au pays ; car Agathe souffrait de tout ce qui faisait souffrir Lasthénie. Elle avait toujours la même idée sur le mal inconnu de sa « chérie » contre lequel rien ne pouvait des remèdes humains, et pour lequel, selon elle, il n'y en avait qu'un d'efficace : l'exorcisme.

Elle en avait fait luire, un jour, la nécessité aux yeux de Mme de Ferjol, qui, avec sa grande foi pourtant, l'avait repoussée ; ce qui lui avait paru incompréhensible, à elle, la pieuse Agathe ! Mais arrivée à Olonde, elle se promettait bien d'insister avec sa maîtresse sur ce qu'elle lui avait dit une fois. Agathe, la Normande, avait toutes les dévotions de son pays.

En Normandie, une des plus anciennes, puisqu'elle remonte au roi saint

Louis, est la dévotion au Bienheureux Thomas de Biville, confesseur de ce roi. Elle avait le dessein d'aller les pieds nus au tombeau du saint homme, qui ajouterait la guérison de Lasthénie à tous ses autres miracles ; et s'il ne la guérissait pas, c'est alors qu'elle avertirait son confesseur et qu'elle lui demanderait d'exorciser la pauvre fille. Malgré son dévouement absolu, et prouvé, à la baronne de Ferjol, et la familiarité de son langage, Agathe n'osait pas grand-chose pourtant avec cette femme imposante qui lui fermait la bouche avec un mot, et quelquefois avec un silence. C'était là, du reste, l'empire de cette âme altière sur les autres âmes que d'arrêter la sympathie dans trop de respect et de faire remonter au ciel la divine Confiance, quand elle se penchait, les bras ouverts, pour en descendre.

Elles arrivèrent enfin à Olonde, après beaucoup de jours de voyage. Si quelque chose avait pu mordre sur l'imagination ramollie de la morne et débile Lasthénie, ç'aurait été la gaieté et la splendeur du jour pleuvant sur sa tête, au sortir de cette chaise de poste qui, pendant toute la route, lui avait fait l'effet d'un cercueil...

Cette gaieté brillante d'un beau jour d'hiver (on était en janvier) comme elle n'en avait jamais vu un seul, même au printemps, dans cette cave des montagnes du Forez où une rare lumière tombait d'en haut comme d'un soupirail, aurait inondé délicieusement son âme, si elle avait eu de l'âme encore, mais elle n'en avait pas assez pour éprouver le bien de cette soudaine et toute puissante douche de lumière. Le soleil clair de ce jour-là, sorti d'une de ces neuvaines de pluie, comme on dit en ces parages de l'Ouest, où elles sont si fréquentes, faisait resplendir exceptionnellement les masses de ces campagnes, vertes parfois jusqu'en hiver, et donnait aux feuillages éternels des houx de leurs haies, lustrés par ces pluies et brossés par le vent, des étincellements d'émeraude. La Normandie, c'est la verte Erin de la France, mais une Érin (le contraire de l'autre) cultivée, riche et grasse, et digne de porter la couleur des espérances heureuses et triomphalement réalisées, tandis que la pauvre Érin de l'Angleterre n'a plus droit qu'à la livrée du désespoir... Malheureusement, tout cela n'eut d'action bienfaisante que sur Agathe. Mme de Ferjol, qui venait de rompre la seule racine qui l'attachait à la terre, en abandonnant en un coin des Cévennes le tombeau de son mat dans lequel elle aurait voulu qu'on la couchât après sa mort, Mme de Ferjol, qui n'avait plus que la pensée de sauver à tout prix l'honneur de sa fille, n»était pas plus ouverte aux impressions de ce pays que Lasthénie, devenue le berceau douloureux d'un enfant, venu comme ce squirre qu'elle avait longtemps espéré.

Hélas ! elles n'étaient plus ni l'une ni l'autre sensibles aux beautés extérieures de la nature. Toutes les deux étaient, dans tous les sens, dénaturées ; elles le sentaient, avec terreur. Elles s'aimaient encore, mais une haine une haine involontaire commençait à filtrer venimeusement en cet amour sans épanchement qu'elles avaient refoulé dans leurs cœurs, et qui s'y était aigri et corrompu, comme un poison corrompt une source. Mme de Ferjol et sa fille, dépravées par les sentiments dont elles étaient la proie, s'établirent dans le château d'Olonde, leur refuge, avec l'insouciance aveugle des êtres qui ne sont plus dans la vie physique.

Pour elles, la vie physique, ce fut Agathe. Seule, cette vieille fille, rajeunie et renouvelée par l'idée et la vue de son pays, et qui s'était mise à reboire avec un avide enchantement l'air natal, oxygéné par l'amour, put suffire à tout, en leur épargnant tout. Elle se plaça entre ces femmes qui étaient arrivées dans ce château abandonné sans prévenir personne et ce pays, où elles ne voulaient connaître personne... À elle seule, Agathe rendit habitable ce vieux château presque délabré, dont elle savait les êtres par cœur et qui lui rappelait sa jeunesse. Elle le laissa sous ses persiennes strictement fermées, mais elle rouvrit les fenêtres par-dessous les persiennes rouillées et noircies par le temps, pour donner un peu d'air aux appartements qui sentaient le mucre, disait-elle. Le mucre, en patois normand, c'est le moisi qui résulte de l'humidité. Elle battit et essuya les meubles qui craquaient et s'en allaient de vétusté.

Elle retira des armoires le linge empilé et jauni par un si grand nombre d'années, et mit les draps aux lits qu'elle chauffa pour en ôter l'impression sépulcrale que font à nos corps les vieux draps restés longtemps sans être dépliés dans les armoires. Malgré les trois personnes qui y étaient revenues, l'aspect extérieur du château ne changea pas. Il sembla toujours qu'il n'y avait plus là âme qui vive pour les paysans qui passaient au pied, et qui n'y faisaient pas plus attention que s'il n'avait jamais existé. Ils l'avaient vu toujours à la même place, ayant, sous ses contrevents et ses obliques condamnés, la même physionomie d'excommunié, comme ils disaient, expression religieuse des temps antérieurs, profonde et sinistre ; et l'habitude de le voir les avait blasés sur cette chose singulière d'un château frappé d'un abandon qui ressemblait à la mort.

Les fermiers d'Olonde habitaient assez loin de la demeure des maîtres pour ignorer ce qui s'y passait depuis l'arrivée en cachette des dames de Ferjol.

Agathe, qui avait quarante ans quand elle disparut dans l'enlèvement de Mlle d'Olonde, et changée de visage par vingt ans d'absence, n'avait plus personne qui s'en souvînt dans la contrée et qui pût la reconnaître, quand elle allait, tous les samedis, pour la provision, aux marchés des alentours. Ce n'était plus parmi les paysannes qu'une autre vieille paysanne qui payait comptant tout ce qu'elle achetait, et qui reprenait solitairement le chemin d'Olonde, sans avoir dit un mot à qui que ce fût... Parmi les paysans normands, le silence qu'on garde produit le silence qui s'impose. Ils sont tellement défiants qu'ils ne se livrent que quand on fait les premiers pas vers eux. D'ailleurs, pendant le peu de temps qui va s'écouler jusqu'au dénouement de cette histoire, Agathe ne rencontra pas un seul curieux qui pût l'embarrasser, dans une contrée où chacun n'est préoccupé que de ses propres affaires.

Les chemins qui conduisaient à Olonde étaient presque toujours déserts ; car le château est assez loin des routes qui conduisent directement par là aux villages de Denneville et de Saint-Germain-sur-Ay. Elle ne rentrait point au château par la grande grille rouillée qui avait un volet intérieur, masquant entièrement la grande cour, mais par une petite porte basse, dissimulée dans un angle du mur du jardin, au-delà du château. Avant de mettre la clef dans la serrure, la prudente Agathe regardait autour d'elle comme si elle eût été une voleuse. Mais c'était là une précaution vaine. Jamais elle ne vit dans ces chemins défoncés, où les charrettes coulaient dans les ornières jusqu'à l'essieu, quoi que ce soit qui pût l'inquiéter.

Ainsi qu'elle se l'était promis, Mme de Ferjol se fit donc là une solitude plus profonde que celle de sa petite bourgade du Forez. Ce ne fut pas seulement une solitude, ce fut la captivité dans la solitude. Lasthénie, qui avait toujours tremblé devant sa mère, l'obéissante Lasthénie qui, dés l'enfance, s'était soumise à toutes les décisions de cette âme despote, démoralisée maintenant et anéantie, ne se révolta pas contre cet isolement que lui imposait l'énergique volonté de Mme de Ferjol. L'idée d'honneur comme le comprend le monde tenait moins de place dans sa tête virginale, ignorante et affaiblit :, que dans celle de sa mère.

Détrempée dans tant de larmes, son âme était devenue une molle argile sous le rude pouce d'une sculptrice à laquelle le marbre même n'aurait pas résisté. Quant à Agathe, avec son fanatisme pour la jeune fille, chez laquelle elle n'aurait jamais soupçonné que la pureté ne fût pas immaculée, elle ne s'étonna pas de cette prodigieuse et mystérieuse solitude. Elle trouvait tout simple que Mme de Ferjol voulût cacher l'état de Lasthénie, qui ne devait pas être vue dans une pareille ruine de tout son être dans la patrie de sa mère, et dont il ne fallait pas qu'on dît : « Voilà donc ce que cette fière Mlle d'Olonde a retiré et rapporté de son scandaleux enlèvement ! » D'ailleurs, Agathe avait dans la tête son remède surnaturel pour Lasthénie, et c'était le projet qu'elle ruminait d'un pèlerinage au tombeau du Bienheureux Thomas de Biville, puis finalement l'exorcisme, si les prières au tombeau du Bienheureux n'étaient pas exaucées. C'était la suprême espérance de cette âme pleine d'une foi naïve ; et naïve, la foi l'est toujours ! Mme de Ferjol ne rencontra ni d'obstacle, ni même d'observation, de la part de sa fille et de sa vieille servante, sans laquelle elle n'aurait pu se créer l'existence cloîtrée qu'elle réalisa. Olonde, en effet, fut un cloître un cloître à trois -, mais sans chapelle et sans offices et ce fut là pour Mme de Ferjol une peine et un remords de plus.

Elle n'aurait pu, même voilée, aller à la messe aux paroisses voisines. C'était un danger que de laisser, dans ce dernier mois d'attente et d'anxiété, une seule minute Lasthénie.

« Il faut que je lui sacrifie pensait-elle avec ressentiment jusqu'à mes devoirs religieux ! » et les devoirs pesaient plus à cette janséniste qu'à personne « Elle nous damne toutes les deux », ajoutait-elle avec sa violence et sa rigidité exaltée. Et c'est ce sentiment religieux qu'il serait nécessaire de comprendre, pour bien savoir ce que cette forte femme souffrait au fond de sa conscience. Le comprendra-t-on ?... C'est bien incertain. Cette maison, que j'ai comparée, pour la solitude, à un cloître isolé et morne sans religieuses et sans chapelle, eut bientôt, pour elle et Lasthénie, l'étroitesse étouffante de cette voiture qui, pendant le voyage, leur avait fait l'effet d'un cercueil. Heureusement (si un tel mot peut trouver sa place dans une si navrante histoire), heureusement, ce cercueil d'une maison avait encore assez d'espace pour qu'on pût physiquement y respirer. Les murs du jardin, qui depuis longtemps n'était plus cultivé, étaient assez hauts pour cacher les deux recluses, quand elles avaient besoin de faire quelques pas au-dehors pour ne pas mourir de leur solitude, comme cette énergique princesse d'Éboli, verrouillée par la jalousie de Philippe II dans une chambre aux fenêtres grillées et cadenassées, mourut de la Bienne, en quatorze mais, n'ayant d'autre air à respirer que celui qui lui sortait de la bouche et qui lui rentrait dans la poitrine, s'asphyxiant d'elle-même, effroyable torture !... Au bout de quelques jours, du reste, Lasthénie ne descendit plus au jardin. Elle aima mieux rester étendue sur la chaise longue de sa chambre, où sa mère la remplaçait la nuit, car elle était là, toujours là, Mme de Ferjol, comme un geôlier et pire qu'un geôlier, puisque en prison on n'est pas toujours tête à tête avec son geôlier -, tandis que Lasthénie vivait avec le sien, silencieux maintenant, mais omniprésent et implacable dans son tenace silence ! Mme de Ferjol avait pris un parti qui donne une idée de la fermeté de son âme. Elle ne disait plus rien à Lasthénie ! Elle ne lui reprochait plus rien. Elle avait senti l'impossibilité de vaincre cette fille si faible, elle si forte ! et sa force lui retombait sur le cœur. Hélas ! ce silence n'avait, toute leur vie, que trop existé entre ces deux femmes ; mais alors il devint absolu. Il devint le silence de deux mortes, mais de deux mortes enfermées dans la même bière, de deux mortes qui n'étaient pas mortes, qui se voyaient et se touchaient sous les quatre planches qui les comprimaient l'une sur l'autre, éternellement muettes. Ce silence funèbre entre elles était le plus insupportable de leurs supplices... Ce n'est pas la prière, comme dit le mystique saint Martin, qui est la respiration de l'âme humaine.

Non ! c'est la parole tout entière, et quoi qu'elle exprime, haine ou amour, soit qu'elle maudisse ou bénisse, soit qu'elle prie ou blasphème ! Aussi, se condamner au silence, c'est se condamner à étouffer sans mourir. Elles s'y étaient, de volonté et de désespoir, condamnées. Leur silence mutuel était à chacune des deux un bourreau. Mme de Ferjol, dont rien ne pouvait tuer la foi profonde, parlait encore à Dieu ; elle se jetait à genoux devant sa fille et priait tout bas.

Mais Lasthénie ne priait plus, ne parlait pas plus à Dieu qu'à sa mère, et même souriait d'un mauvais sourire, vaguement méprisant, en la regardant, quand elle la voyait prier au bord de son lit, agenouillée.

Pour cette opprimée du Destin, il n'y avait ni de justice en Dieu, ni de justice humaine, puisque sa mère n'en avait pas pour elle. Ah ! d'elles deux, c'était toujours la pauvre Lasthénie qui était la plus malheureuse ! Quant à Agathe, sans cesse écartée par Mme de Ferjol, elle n'osait pas venir travailler dans cette chambre où l'on ne parlait plus, et, quoique la mort dans l'âme de l'état de Lasthénie, elle reprenait cependant avec émotion, dans ce château où elle avait vécu son temps de jeunesse, possession des choses qui l'entouraient et « qui la connaissaient », disait-elle, et elle vaguait dans le jardin, autour du puits, partout, s'occupant seule de ces soins domestiques dont ses maîtresses semblaient avoir perdu jusqu'à la notion. Sans Agathe, qui les faisait manger comme on fait manger des enfants ou des fous, elles seraient peut-être mortes de faim, dans l'absorption des pensées qui les dévoraient.

IX

Un soir, des symptômes certains d'une délivrance prochaine apparurent à madame de Ferjol, – et quoiqu'elle s'attendît à l'événement qui allait se produire, elle ne le vit pas approcher sans trouble. Solennel et menaçant, il pouvait, sous ses mains inexpérimentées, devenir aisément tragique et mortel. Elle s'y prépara cependant avec une volonté qui dominait ses nerfs. Les souffrances de Lasthénie étaient de celles-là sur lesquelles les femmes qui ont passé par elles ne peuvent pas se tromper. Lasthénie accoucha dans la nuit. Quand l'inquiétant travail commença : « Mordez vos draps pour ne pas crier, – dit madame de Ferjol. Tâchez donc d'avoir ce courage ! » Lasthénie l'eut comme si elle avait été forte. Elle ne poussa pas un seul cri, qui, d'ailleurs, n'eût averti personne dans cette maison, à laquelle la nuit ne pouvait pas ajouter un silence de plus, tant le jour elle était silencieuse ! Le seul être qui aurait pu entendre Lasthénie était Agathe, mais elle couchait dans une chambre placée à l'extrémité du château, hors de toute atteinte de la voix, si Lasthénie avait crié. Toutes les précautions avaient été bien prises par la prudente madame de Ferjol. Néanmoins, il y eut encore pour elle, malgré ses précautions, un moment terrible. La peur de l'incertain la prit ; une défiance insensée ! Elle était bien sûre qu'il n'y avait là qu'elles deux, et cependant elle osa aller, le cœur palpitant, ouvrir toute grande la porte fermée, pour voir s'il n'y avait personne derrière et regarder dans le sombre du corridor. Elle imaginait là Agathe accroupie. Il était bien impossible qu'il y eût quelqu'un ! N'importe ! elle y alla, avec la transe au cœur que connaissent les superstitieux qui ne sont pas bien sûrs de ne pas voir, tout à l'heure, se dresser un spectre dans le noir béant de la nuit. Ici, le spectre aurait été Agathe !... Tremblante, elle sonda d'un oeil dilaté les ténèbres du corridor, et pâle de la terreur involontaire des gens braves, elle revint au bord du lit où sa fille, dans une agonie convulsive de douleur, se tordait, et elle l'aida à se débarrasser de son fardeau...

L'enfant que Lasthénie mit au monde avait sans doute épuisé, pendant qu'elle le portait, toutes les souffrances qu'il pouvait donner à sa mère. Il était mort quand il sortit d'elle. Lasthénie accoucha comme un cadavre, qui se viderait d'un autre cadavre... Ce qui restait de vie, en effet, à cette fille inanimée, peut-on dire que ce fût de la vie ? Mme de Ferjol, qui s'était reproché, pendant tout son voyage à Olonde, ce désir d'une fausse couche, déterminée par quelque accident de voiture, qui eût sauvé l'avenir de sa fille, ne put s'empêcher de sentir une joie profonde de cette mort dont personne n'était coupable... Elle remercia Dieu de la perte de cet enfant, qu'elle avait lugubrement nommé « Tristan » dans sa pensée, s'il avait vécu, et elle adora la Providence de l'avoir pris avant sa naissance, comme si elle avait voulu lui épargner, ainsi qu'à sa fille, d'autres hontes et d'autres douleurs.

Pour elle aussi, Mme de Ferjol, c'était une délivrance !

Cette mort la délivrait d'un enfant qu'il aurait fallu cacher dans la vie, comme elle l'avait caché, mais à quel prix ! dans le sein de sa mère, et qui, vivant, aurait fait rougir Lasthénie de cette immortelle rougeur de la honte que les bâtards infligent aux joues de leurs mères, comme un soufflet de bourreau.

Mais sa joie fut cruelle encore. Quand elle eut détaché l'enfant de sa mère, elle le lui montra :

« Voilà votre crime et son expiation ! » lui dit-elle.

Lasthénie regarda l'enfant mort, avec. des yeux qui l'étaient autant que lui ; et tout son corps, qui n'en pouvait plus, frissonna. « Il est plus heureux que moi », murmura-t-elle seulement, pendant que. Mme de Ferjol épiait sur son front l'expression d'un sentiment qu'elle s'étonna de n'y pas trouver. Elle y cherchait de la tendresse. Elle n'y trouva que de l'horreur, l'horreur éternelle, familière à ce front, à laquelle semblait vouée fatalement Lasthénie. Elle, Mme de Ferjol, la femme passionnée qui avait aimé, et de quel amour ! l'homme qui l'avait épousée, ne vit, dans ce visage raviné par les larmes, rien de ce qui explique et innocente tout : l'amour ! Elle avait involontairement compté sur l'instant suprême de cet accouchement, ou, par dévouement maternel, elle s'était faite la sage-femme de sa fille pour que tout restât entre elles deux et Dieu seul de cette virginité perdue ; et il fallait renoncer à l'espoir de cette lueur dernière pour pénétrer le mystère de l'âme de Lasthénie ! Cette lueur espérée s'éteignit dans cet accouchement clandestin d'un enfant qui n'avait pas de père. À la même heure de cette nuit funeste dont Mme de Ferjol ne dut jamais oublier les sensations, il y avait certainement dans le monde bien des femmes heureuses, qui accouchaient d'êtres vivants, fruits d'un amour partagé et qui tombaient des flancs d'une mère délivrée dans les bras d'un père fou d'amour et d'orgueil ! Mais y en avait-il une seule, y en avait-il une seconde dont la destiné e ressemblât à la destinée de Lasthénie, sur qui la nuit, la peur et la mort entassaient leurs triples ténèbres pour cacher à jamais l'enfant sans nom de cette lamentable histoire sans nom ?...

Et la nuit, la sombre et longue nuit, la nuit aux angoisses, aux inoubliables angoisses, n'était pas finie pour Mme de Ferjol. Il y en avait une encore, de ces angoisses, à dévorer. L'enfant était venu mort, affreux bonheur ! Mais le cadavre ?... que faire de ce cadavre, le dernier indice accusateur de la faute de Lasthénie ? comment le faire disparaître ? Comment effacer le dernier vestige de cette honte, pour que tout, de cette honte, excepté dans leurs deux âmes, fût anéanti ?... Elle y pensait, Mme de Ferjol ; et ce qu'elle pensait l'effrayait. Mais c'était une organisation normande et de race héroïque. Elle pouvait avoir le cœur terrifié ou déchiré, elle commandait à son cœur ; et toujours elle faisait en tremblant ce qu'elle avait à faire ; comme si elle eût été impassible. Pendant le sommeil où tombent les nouvelles accouchées et dans lequel tomba Lasthénie, Mme de Ferjol prit le cadavre de l'enfant mort, et l'ayant enroulé dans une de ces layettes qu'elle avait cousues, en leurs longues heures de silence, auprès de sa fille, qui n'avait jamais eu, elle, la force d'y travailler, elle l'emporta hors de la chambre, qu'elle ferma à la clef pour le temps où elle devait rester sortie. Elle ne savait point si Lasthénie ne se réveillerait pas ; mais la nécessité, la nécessité aux mains de bronze, lui fit courir cette chance du réveil de Lasthénie. Elle avait allumé une lanterne sourde, et elle descendit au jardin, où elle se souvenait d'avoir vu une vieille bêche oubliée dans un coin de mur ! et c'est avec cette bêche et dans ce coin de mur qu'elle eut le courage de creuser une fosse pour l'enfant mort, et de la mort de qui elle était innocente !... Elle l'enterra de ses propres mains, de ses mains si fières autrefois, et devenues pieuses et maintenant si profondément humiliées. Tout en creusant son sinistre trou, à la dérobée, dans cette nuit noire, sous les étoiles qui la regardaient faire, mais qui ne diraient pas qu'elles l'avaient vue, elle ne pouvait s'empê cher de songer aux infanticides qui peut-être, dans ce moment, faisaient, dans l'univers, ce qu'elle faisait nuitamment en présence de ce ciel constellé...

« Je l'enterre comme si je l'avais tué », pensait-elle ; et une histoire surtout, une histoire atroce qu'elle avait autrefois entendu raconter, lui revenait à la mémoire.

C'était celle d'une jeune servante de dix-sept ans, qui s'était elle-même accouchée, une nuit, d'un enfant qu'elle avait étranglé, et que, le matin (un dimanche, et elle avait l'habitude d'aller ce jour-là à la messe ! ), elle mit dans la poche de sa jupe, et garda et porta sur sa cuisse tout le temps de la messe, pour le jeter, en revenant, sous l'arche d'un pont solitaire qui se trouvait sur son chemin et par où personne ne passait...

Mme de Ferjol était poursuivie, persécutée par le souvenir de cette abominable histoire. Frémissante et glacée comme si elle avait été coupable, elle piétina et tassa longtemps la terre amoncelée sur... ce qui aurait pu être son petit-fils, et quand elle fut sûre qu'il n'y avait plus là trace de tombe, elle remonta, toute pâle de ce qui ressemblait à un crime, mais de ce qui n'en était pas un, dans la chambre où Lasthénie dormait encore. Quand celle-ci s'éveilla, dans cette hébétude de tout l'être qui suit les grandes douleurs de l'accouchement, elle ne demanda pas à revoir l'enfant mort qu'elle venait de mettre au monde. On eût dit qu'elle l'avait déjà oublié... Cela fit réfléchir Mme de Ferjol, qui ne lui en parla pas non plus, voulant savoir si elle, Lasthénie, en parlerait la première... Mais, chose étrange et presque monstrueuse ! elle n'en parla pas, et même, elle n'en parla jamais plus... Lui manquait-il, à cette suave Lasthénie, adorable quelques jours, ce sentiment de la maternité qui est la racine de toute femme ; car les femmes, même violées, aiment leurs enfants morts et les pleurent ? Ni cette nuit, ni les jours suivants, elle ne sortit de sa silencieuse apathie. Les larmes continuèrent à couler sur son visage, creusé par les larmes, mais rien de plus ne s'ajouta à ce qui les faisait couler depuis six mois...

Une fois relevée de sa couche, Lasthénie resta la même, au ventre près, que pendant sa grossesse. Ce fut le même accablement, la même pâleur, la même stupeur, le même retirement en elle-même et le même égarement quand elle en sortait, le même hébétement, la même démence muette ! Le coup déshonorant de l'incrédulité de sa mère à son innocence et l'inexplicabilité de sa grossesse lui avaient fait au cœur une blessure qui saignerait toujours et dont elle ne devait jamais guérir.

Sa mère, elle, rassurée par l'idée du secret, impénétrable maintenant, de la faute de sa fille, s'adoucit, et, chrétienne, se rappela peut-être le mot chrétien :

« À tout péché miséricorde ! » Du moins, elle n'eut plus avec Lasthénie l'irritabilité accoutumée qu'elle n'avait pu, malgré son caractère et la force de sa raison, maîtriser. Les choses irréparables sont comme la mort, et on accepte l'idée de la mort ; mais Lasthénie n'accepta pas l'idée de l'irréparabilité de sa faute.

De ces deux femmes, ce fut la plus faible qui se montra la plus profonde... Lasthénie ne se modifia pas dans ses relations avec sa mère. Fleur flétrie, elle ne releva pas sa tête humilié e. Elle fut impitoyable pour cette mère adoucie. Elle garda dans sa blessure ce poignard qu'il est impossible d'en arracher quand on en a été frappé, et qui s'y soude, et qu'on appelle le ressentiment. Après les jours forcés de sa convalescence, elle sortit dut lit ; mais à son visage défait, à sa langueur, à l'évanouissement de tout son être, on aurait très bien pu croire qu'elle aurait dû y rester, et que son mal était incurable et mortel... Agathe, qui avait espéré, tout le temps qu'elle était restée au lit, en quelque crise, peut-être heureuse, qui sait ? voyant que le pays adoré, auquel elle attribuait la puissance de tous les miracles, ne pouvait rien sur « sa chérie », s'enfonçait un peu plus dans son immanente pensée que « le démon la tenait », et qu'elle était « une possédée », finit. par demander à Mme de Ferjol la permission d'aller en pèlerinage au tombeau du Bienheureux Thomas de Biville, et Mme de Ferjol le lui accorda.

Agathe y alla donc, les pieds nus, avec la simplicité des pèlerins du Moyen Âge qu'on retrouve encore, malgré les progrès de l'incrédulité contemporaine, dans ce pays aux profondes coutumes... Elle rentra à Olonde après quatre jours d'absence, mais elle y rentra sans espérance et plus triste que quand elle en était partie. Elle doutait maintenant du miracle qu»elle avait demandé avec une foi si robuste de certitude ; car une chose une chose surnaturelle et formidable troublait dans son âme, perméable à toutes les influences et à toutes les traditions du milieu dans lequel elle avait vécu ses jeunes années, la sécurité de sa foi. Agathe avait la croyance religieuse de son pays, mais elle en avait aussi les superstitions. Une chose effrayante, dont elle avait entendu parler cent fois dans son enfance, elle venait de la voir de ses propres yeux, de ses yeux de chair, et c»était, pour elle comme pour les paysans de ces contrées, le présage de mort, ce qu'elle avait vu !

Elle était alors dans les chemins d'Olonde, très attardée à cause de ces pieds nus lassés et sur lesquels elle revenait comme elle était partie, conformément au vœu qu'elle avait fait pour la guérison de Lasthénie. La nuit était très avancée ; la campagne sans maisons de ce côté-là, et sans personne qui y passât de près ou de loin. C'était, autour d'elle un infini de solitude et de silence. Elle se hâtait parce qu'elle était seule, mais elle n'avait peur ni de ce silence ni de cette solitude. Elle avait toute la tranquillité de son esprit, qui ressemblait à sa conscience. Le matin, elle avait communié, et cette circonstance coulait et étendait dans son âme un calme divin. La lune, levée depuis longtemps, mettait, de son côté, son calme, divin aussi, dans la nature, comme l'hostie du matin l'avait mis dans l'âme de cette chrétienne, et ces deux calmes se regardaient, face à face, dans cette nuit placide. Tout à coup, dans les chemins de traverse qui se resserrent à quelques endroits, la route que suivait Agathe n'eut guère plus que la largeur d'un sentier, et c'est à l'instant où ce chemin changeait qu'elle aperçut, encore assez loin d'elle, dans le reflet bleuissant de la lune, quelque chose de blanchâtre qu'elle prit pour un brouillard qui commençait de se lever de terre de cette terre toujours un peu humide en ces parages de Normandie. Mais, en avançant, elle vit nettement que ce qu'elle prenait pour du brouillard, c'était un cercueil placé en travers de la route et qui la barrait...

Dans les traditions et dans les croyances anciennes du pays, ce cercueil mystérieux, sans personne auprès, et qui semblait abandonné, comme si les gens qui le portaient se fussent enfuis, était, quand on le rencontrait par les nuits claires, un signe certain de mort prochaine, et pour en conjurer le mauvais présage, il fallait, disait-on, avoir le courage de le soulever et de le retourner bout pour bout. D'aucuns, dans les récits qu'on avait faits autrefois à Agathe, méprisant cette apparence comme une illusion de leurs sens, avaient eu la témérité de passer outre, enjambant irrévérencieuse-ment ce cercueil comme si c'était un échalier, mais au jour levant on les avait retrouvés sans connaissance à la même place, et, toujours, dans l'an-née, on les avait vus blêmir misérablement et mourir. De nature, Agathe était courageuse et trop religieuse pour avoir grand-peur de la mort, mais ce ne fut pas à la sienne qu'elle pensa, ce fut à celle de Lasthénie. Malgré sa religion et son courage, elle resta donc figée un instant devant ce cercueil, qui, à chaque pas qu'elle avait fait en s'en approchant, lui avait paru plus net, plus distinct, plus palpable aux yeux et à la main. La lune, ce pâle soleil des fantômes, le dessinait, et en faisait bomber la blancheur sur l'ombre noire du sentier, entre ses deux haies.

« Ah ! se dit-elle, si c'était pour moi, peut-être que je n'aurais pas la force de le retourner, mais pour elle ! » Et après s'être agenouillée dans le chemin creux et avoir récité une dizaine de chapelets, elle s'appuyait sur la prière pour ne pas défaillir ! elle fit un signe de croix encore et, enfin, osa !...

Mais le cercueil pesait trop pour être soulevé par sa main, et ceci la frappa au cœur ! car le sort et la mort qu'il prédisait n'étaient conjurés que si on avait la force de le retourner, et elle ne l'avait pas.,... Il était trop lourd. Il résistait. Elle s'efforça, mais l'effort n'est pas de la force ! L'ironique et terrible cercueil avait l'air de se moquer d'elle. Il ne bougea pas. Il semblait cloué au sol. « Pour tant peser, se disait-elle, il faut qu'il y ait une morte dedans ? » Et toujours elle pensait à Lasthénie... Voulant ce qu'elle voulait et d'une volonté à déraciner les montagnes, mais qui ne pouvait cependant pas soulever ces quatre misérables planches de sapin, désespérée de sa faiblesse et de cet augure, elle se remit à prier... inutilement encore ; puis, consternée, l'âme vaincue et ne pouvant pas rester là toute la nuit, elle passa le long de l'étroite langue de terre qui s'allongeait des deux côtés, entre le cercueil et les haies. Maintenant, elle obéissait à la peur. Elle en avait le tremblement sur ces mains qui venaient de toucher cette froide bière et dont elle avait matériellement senti la réalité sur sa chair... Seulement, une fois éloignée, elle eut un remords et se dit courageusement :

« Si j'allais essayer encore ?... » Mais quand elle se retourna pour y aller, elle ne vit plus rien que la route, la route droite et vide. Le cercueil avait disparu... Elle n'eût pas même reconnu la place. Le chemin avait repris sa noirceur d'ombre, entre ses deux haies éclairées par la lune et immobiles ! car il ne faisait pas de vent, cette nuit-là, chose inaccoutumée à ces endroits voisins de la mer :

– « Dieu ne soufflait pas, disait-elle. L'air, sans haleine, était aux lutins, qui sont des démons. » Aussi, en proie à une terreur qui lui venait et qui lui envahissait toute l'âme, dans cette nuit sans souffle, où le clair de lune lui-même ne lui paraissait pas « comme un clair de lune ordinaire », elle se hâta et marcha plus vite, mais, en marchant, la lune, qu'elle avait à sa gauche et sur le fil de l'horizon, lui semblait marcher du même pas qu'elle, et lui faisait l'effet d'une tête de mort qui l'aurait obstinément accompagnée.

Tout en marchant, elle en blêmissait. Ses dents claquaient. Et quand, à une certaine bifurcation du chemin, la lune, qu'elle avait eue à son coude, se trouva, par le fait de la courbure du chemin, derrière elle : « Je crus, disait-elle bien longtemps après, quand ce souvenir glaçait sa pensée, que cette tête de mort, roulant dans le ciel, me poursuivait et venait sur moi pour me casser mes vieilles jambes, comme une diabolique boule à quilles, et que je n'arriverais jamais sur elles à la maison. » Cependant, elle arriva à Olonde, mais toute démoralisée. Ce qu'elle venait. De voir lui faisait craindre un malheur subit qu'elle y aurait trouvé, en y rentrant. Seule, la morne tranquillité de la maison la rassura. Dormaient-elles où ne dormaient-elles pas, la mère et la fille ?... Nul bruit ne venait de leurs appartements fermés. Le lendemain, elle crut que Lasthénie était un peu moins affaissée que quand elle était partie pour son pèlerinage, et sans l'apparition de la nuit, elle aurait attribué à ses dévotions l'espèce de re-dressement qu'elle croyait voir dans sa pauvre Lasthénie écrasée... Elle raconta les circonstances de son voyage à Mme de Ferjol, mais elle tut son apparition.

« À quoi bon ? se dit-elle ; elle ne me croirait pas. » Mais Mme de Ferjol croyait aux prières, et aux miracles que les prières pouvaient décider, et elle dit à Agathe « que Lasthénie se ressentait déjà des siennes au tombeau du Bienheureux Confesseur ». Elle pesa même sur le mieux de sa fille, et d'autant qu'elle avait soif de reprendre ses pratiques extérieures de piété, interrompues par la vie cachée qu'elle avait été obligée de mener à Olonde.

« Nous pourrons donc aller à la messe », dit-elle à Agathe. Et nous, c'étaient elle et Lasthénie ; car Agathe n'y avait pas manqué. Agathe n'avait point à se reprocher le péché mortel de manquer à la messe, que se reprochait Mme de Ferjol, et qui était une conséquence du crime de Lasthénie. La vieille servante avait toujours trouvé le moyen d'aller « prendre une messe » aux paroisses voisines d'Olonde, comme elle disait. Elle y allait, la tête couverte de la cape de son mantelet noir par-dessus sa coiffe, et pas plus là, contre le portail de l'église où elle se tenait jouxte le bénitier pour sortir la première, la messe dite, elle n'avait été plus reconnue qu'au marché de Saint-Sauveur, quand elle y allait, le samedi, faire les provisions de la semaine. Parmi les assistants de cette messe, qui n'avaient aucun intérêt (le grand mot normand !) à savoir qui elle était, on la prenait pour une paysanne de plus. Mais ce qui avait été possible à Agathe ne l'était point pour Mme de Ferjol. Aussi, quand elle crut que le temps pouvait être venu de retourner à l'église et d'entendre la sainte messe, elle eut non pas une joie, elle était trop triste de l'état de sa fille pour avoir une joie, mais quelque chose comme une plus large dilatation dans son cœur si longtemps et si horriblement étreint ! Elle qui ne s'abandonnait jamais et qui avait le sens pratique des réalités de la vie, elle avait pensé que maintenant elle et sa fille devaient sortir de ce strict et formidable incognito qu'elle avait voulu et gardé jusque-là. « Vous pouvez dit-elle à Agathe annoncer au fermier de la terre que nous sommes arrivées à Olonde subitement et de nuit, et que nous y sommes revenues pour y demeurer. » Et elle enjoignit surtout à Agathe d'insister sur la souffrance de Lasthénie, malade depuis des mois, et qui venait chercher dans le pays de sa mère un autre air que celui des Cévennes, parce que cette circonstance de la souffrance de Lasthénie l'empêcherait de recevoir personne jusqu'à son entière guérison.

Précaution vaine, du reste ! Le temps n'était guère, à ce moment-là, aux relations de monde et de société ; mais madame de Ferjol, dévorée par le malheur de sa fille, ignorait profondément ce qui se passait autour d'elle. La Révolution française marchait alors comme une fièvre putride, et elle allait entrer dans la période aiguë du délire.

À Olonde, on ne le savait pas. La sanglante tragédie politique qui allait avoir la France pour théâtre, les deux malheureuses châtelaines d'Olonde ne s'en doutaient même pas, du fond de la tragédie domestique qui avait pour théâtre leur sombre logis. Elle parlait de messe, madame de Ferjol. Encore un peu de temps, il n'y en aurait plus, et elle ne pourrait plus s'agenouiller devant ces autels qui sont les colonnes où devraient s'appuyer tous les cœurs brisés d'ici-bas !

X

Quand madame de Ferjol se montra à la messe d'une des paroisses qui entourent Olonde, elle ne produisit donc pas cet effet de curiosité et de surprise qu'elle aurait produit dans un autre temps. La préoccupation, enthousiaste chez les uns, effrayée chez les autres, d'une Révolution qui bouleversait toutes les têtes (même en Normandie, ou le bon sens est séculaire), en attendant qu'elle les fit tomber, empêcha de beaucoup remarquer la venue de madame de Ferjol dans ce pays, qui avait, du reste, presque oublié l'ancien scandale de son enlèvement. Le château d'Olonde, qui, pendant tant d'années, avait eu l'air de dormir au bord de la route où étaient plantées ses trois tourelles, ouvrit ses paupières, un matin, c'est-à-dire ses persiennes noircies et moisies par l'action du temps et des pluies, et l'on vit passer aux fenêtres la blanche coiffe de la vieille Agathe. Le rideau intérieur de planches qui doublait la grille de là cour d'honneur disparut, et, pour les rares passants de ces contrées, la vie dans ses menus détails sembla avoir repris sans bruit ce château frappé de la mort, pire que la mort, de l'abandon. Mais, à la réflexion près de ceux qui passaient par là, le séjour de Mme de Ferjol à Olonde ne fit pas plus d'étonnement et d'éclat dans le pays que son arrivée. Elle y vécut aussi solitaire, ne se cachant pas, qu'elle y avait vécu cachée. Elle resta dans ce tête-à-tête avec sa fille. qui devait être toute sa vie, et que toute autre présence que celle d'Agathe ne devait jamais troubler. Elle pensait toujours à ce tête-à-tête, qui était pour elles, deux la mère et la fille la fatalité de l'avenir ! « Aucun mariage songeait-elle souvent n'est plus possible pour Lasthénie. » Comment dire à l'homme qui l'aimerait assez pour l'épouser, et qui croirait, en l'épousant, épouser une jeune fille, qu'elle n'était plus qu'une veuve, et une veuve qui ne peut plus sortir de l'abjection de son veuvage ?... Comment faire la confidence du déshonneur de Lasthénie à un homme (n'y eût-il que celui-là sous la calotte des cieux ! ) qui viendrait demander sa main à sa mère avec toute la foi et toutes les espérances de l'amour ?... Probité, loyauté, religion, tous les atomes divins qui composaient cette noble femme se levaient en Mme de Ferjol pour repousser une telle pensée, et de toutes celles qui lui crucifiaient l'âme, ce n'était pas la moins sanglante. Sans doute, dans l'état de prostration et de dépérissement où Lasthénie était plongée, elle ne pouvait plus inspirer que de la pitié, mais elle était si jeune, et il y a de si puissantes ressources dans la jeunesse ! Seulement, il n'y a pas de ressources contre la nécessité de dire la vérité, sous peine d'être infâme ! Et c'est cette idée d'infamie qui liait l'existence et le destin de Mme de Ferjol au destin et à l'existence de sa fille, et qui les condamnait à vivre ensemble dans cet isolement qu'elles ne connaissaient que trop, le terrible isolement des âmes, quand les cœurs sont dans l'espace cœur contre cœur...

Mais cette hypothèse d'un homme qui aimerait un jour Lasthénie ne fut rien de plus qu'un rêve de sa mère, qui ajouta sa douleur à toutes celles que la réalité infligeait à Mme de Ferjol. Lasthénie, chez qui Mme de Ferjol avait cherché vainement un seul signe d'amour trahi, la triste nuit qu'elle devint mère, Lasthénie devait mourir sans être aimée. Sa beauté perdue ne refleurit pas. Elle ne lui revint point, ramenée par sa jeunesse. Quoiqu'elle eût dit à Agathe, le jour qu'elle revint de son pèlerinage, que Lasthénie allait mieux, Mme de Ferjol, qui voulait le croire plus qu'elle ne le croyait, ne le crut plus du tout quand elle vit les jours et les mois s'entasser sur cette tête, charmante naguère, et la courber de plus en plus. Pour qui aurait été au courant de l'histoire de Lasthénie, on aurait dit que cet accouchement dont elle n'était pas morte et dont elle pouvait mourir, lui avait laissé on ne sait quelle rupture de l'épine dorsale vers les reins, car elle était sortie du lit voûtée... Quand elle et sa mère paraissaient le dimanche à l'église, on comprenait, en les voyant, que Mme de Ferjol ne voulût recevoir personne, pour se consacrer tout entière à la santé de sa fille. L'opinion fut que cette enfant qu'elle y traînait avec elle, elle ne l'y traînerait pas longtemps.

Et cependant elle l'y aurait traînée bien longtemps encore, si la Révolution, à son apogée sanglante et sacrilège, n'avait pas tout à coup fermé les églises.

Mme de Ferjol, qui n'avait plus de raisons pour cacher aux médecins Lasthénie, en appela plusieurs à Olonde ; mais les médecins ne virent en cette jeune fille, aussi faible et languissante de corps que d'esprit, qu'un de ces marasmes dont la cause était, pour eux, impénétrable. La cause du marasme de Lasthénie, Mme de Ferjol seule, dans l'univers, la connaissait !

C'était son péché, pensait-elle, et la coupable ne devait mourir que de son péché. Pour elle, la farouche janséniste, qui avait, hélas ! plus de foi en la justice de Dieu qu'en sa miséricorde, c'était la rigoureuse justice de Dieu qui avait rompu sur son genou la taille de cette pauvre voûtée, cette taille autrefois d'épi, balancé sur sa tige, qu'avaient pressée les bras d'un homme !

Cette tragédie intime dura longtemps entre ces deux femmes, au fond de cette campagne, qui ne ressemblait pas à l'entonnoir des Cévennes, mais sur laquelle elles ne pensèrent jamais à jeter seulement un regard par les fenêtres de leur demeure. On n'y vit jamais que la tête d'Agathe, qui y respirait, le soir, son pays. Et elles vécurent ainsi, si cela peut s'appeler vivre ! Mme de Ferjol, certaine que sa fille n'échapperait pas à la punition de son péché, la regardait tomber jour par jour sous le rongement du mal mystérieux qui la tuait, comme on regarde les débris d'un palais démoli tomber en poussière... Malgré tout ce qu'elle trouvait de criminel en cette fille qui lui avait résisté quand elle avait voulu savoir la vérité de son âme, malgré la dureté de sa foi religieuse, malgré tout enfin, Mme de Ferjol souffrait de ce qui faisait souffrir Lasthénie ; mais, victime de la contraction de toute sa vie ramassée dans la mémoire de l'homme qu'elle avait idolâtré, elle n'exprimait pas de pitié à sa fille, qui n'était plus, du reste, capable de comprendre même la pitié qu'elle inspirait... Le marasme de Lasthénie qui déconcertait les médecins, et qu'après avoir vaguement parlé de moxas, ils déclarèrent incurable, n'était pas seulement au corps de la jeune fille, mais à son âme... Il la tenait tout entière... La raison de Lasthénie, qui avait déjà rasé de si près l'idiotisme, pencha le peu de clarté qui lui était restée vers les ténèbres d'une sombre démence. Mais son silence garda sa folie. Elle se mourait comme elle avait vécu, sans parler... Avait-elle encore conscience d'elle-même ? Elle passait tous ses jours sans dire un mot, oisive, immobile, la tête contre le mur (signe de folie triste), ne répondant pas même à Agathe, noyée de pitié et de larmes ; à Agathe, désolée de n'avoir pas sous la main cette ressource sur laquelle elle avait trop longtemps compté, un prêtre qui exorcisât sa chérie, sa pauvre « Possédée »! Les prêtres alors étaient en fuite, et la Révolution en pleine furie. Et on ne le savait à Olonde que parce qu'il y manquait un prêtre pour exorciser Lasthénie ! chose unique peut-être ! il y avait, dans ce petit château d'Olonde, que la Révolution n'a pas détruit et qui subsiste toujours avec ses trois tourelles, trois âmes de femmes assez malheureuses pour oublier, dans ce nid de douleurs où elles s'étaient blotties, tout ce qui n'était pas leurs cœurs saignants. Pendant que le sang des échafauds inondait la France, ces trois martyres d'une vie fatale ne voyaient que celui de

94

leurs cœurs qui coulait... C'est pendant cet oubli de la Révolution oubliée, que succomba Lasthénie, emportant dans la tombe le secret de sa vie, que Mme de Ferjol croyait son secret. Rien n'avait pu faire prévoir à Mme de Ferjol et à Agathe que sa fin fût si proche. Elle n'était pas plus mal, ce jour-là, que la veille et les autres jours. Elles n'avaient remarqué ni dans sa figure, depuis longtemps d'une pâleur désespérée, ni dans l'égarement de ses yeux, de la couleur de la feuille des saules, et des saules pleureurs, car elle en avait été un qui avait assez pleuré de larmes ! ni dans l'affaissement de son corps inerte, si étrangement voûté, rien qui pût leur faire croire qu'elle allait mourir. D'ordinaire, elles n'avaient pas besoin de la surveiller. Elles la laissaient la tête contre le mur de sa chambre que sa tranquille démence avait adopté, et elles allaient et venaient dans cette maison où il n'y avait que deux choses éternelles : Mme de Ferjol qui priait et Agathe qui pleurait, chacune dans son coin... Ce jour-là, elles la retrouvèrent comme elles l'avaient laissée, à la même place, la tête contre son mur, les yeux tout grands ouverts, quoiqu'elle fût morte, et l'âme partie !.., cette pauvre âme qui n'était presque plus une âme ! À cette vue, Agathe se jeta aux genoux de sa « chérie », qu'elle lia passionnément avec ses bras et sur laquelle elle roula, en sanglotant, sa vieille tête pâmée de douleur. Mais Mme de Ferjol, qui contenait mieux l'émotion d'un pareil spectacle, glissa la main sous le sein de celle qu'elle avait appelée si longtemps de ce nom qui lui convenait tant : « Ma fillette », pour savoir si ce faible cœur qui battait là ne battait plus, et elle sentit quelque chose... « Du sang, Agathe ! » fit-elle d'une voix horriblement creuse. Elle en rapportait sur ses doigts quelques gouttes. Agathe s'arracha des genoux qu'elle embrassait, et, à elles deux, elles ouvrirent le corsage. L'horreur les prit. Lasthénie s'était tuée, – lentement tuée, – en détail, et en combien de temps ? tous les jours un peu plus, – avec des épingles.

Elles en enlevèrent dix-huit, fichées dans la région du cœur.

## XI

Un jour, sous la Restauration, – ni plus ni moins qu'un quart de siècle après la mort de cette Lasthénie de Ferjol dont j'ai dit la mystérieuse histoire, – sa mère, la barontie de Ferjol, qui qui avait survécu, et qui vivait toujours – « Rien ne petit me tuer ! » disait-elle avec la sauvage amertume d'un reproche à Dieu, qui l'avait épargnée – la baronne de Ferjol dînait, en grande cérémonie, chez le comte du Lude, son parent, et, par parenthèse, l'un des meilleurs maîtres de maison de cette petite ville de Saint-Sauveur où l'on avait beaucoup dansé avant la Révolution, et même elle, madame de Ferjol, alors mademoiselle Jacqueline d'Olonde, avec le bel officier blanc qui avait été son Ange noir ; car il l'avait vêtue de noir pour sa vie. À présent, on n'y dansait plus. Autre temps, autres mœurs ! Mais on y dînait. Les dîners y avaient remplacé les contredanses. Vieillie deux fois par le chagrin et par les années, on pouvait peut-être s'étonner de rencontrer dans la fête d'un dîner joyeux Mme de Ferjol, plus sévèrement pieuse que jamais, presque une sainte, si on pouvait être une sainte sans miséricorde. Elle y était, pourtant ! Cette femme, d'une force de caractère qu'on a pu juger, et l'ennemie de toute affectation extérieure, était revenue, long-temps après la mort de sa fille, il est vrai, au monde de la société à laquelle elle appartenait, et elle s'y montrait simplement et sobrement, mais enfin, elle s'y montrait. Elle y portait stoïquement ensevelie dans sa poitrine une idée qui était pour elle le cancer qu'on cache et qui vous mange le cœur sans qu'on pousse un cri. Cette idée, c'était l'impénétrable et l'inoubliable secret de sa fille, morte sans l'avoir révélé. Personne, nulle part, ne s'était jamais douté de ce que Mme de Ferjol savait de la vie de sa fille ; mais ce qui la faisait le plus souffrir, ce n'était pas ce qu'elle en savait, c'était ce qu'elle n'en savait pas... Le saurait-elle jamais ? Elle ne le croyait plus. En attendant, elle achevait de vivre, désespérée, avec un front calme qui ne disait pas qu'elle le fût. Elle n'était plus qu'une ruine, mais c'était une mine comme le Colisée. Elle en avait la grandeur et la majesté.

« Dans le bout de table où elle se tenait au dîner du comte du Lude, involontairement on parlait moins haut et l'on riait moins fort qu'à l'autre bout », disait le vicomte de Kerkeville, qui aimait à rire et que la présence de cette grandiose vieille femme forçait d'être sérieux de respect. Ce jour-là, à ce repas auquel elle assistait comme elle assistait à la vie, avec indifférence, il y avait autour d'elle de l'entrain et de la sympathie, quoique la compagnie y fût terriblement mêlée. C'était l'image en raccourci de cette société telle que nous l'ont faite la Révolution et l'Empire, qui ont confondu tous les rangs, mais on n'y souffrait pas, ce jour-là, de cette dégoûtante salade politique et sociale qu'il est maintenant impossible aux gouvernements de tourner. Le comte du Lude appelait spirituellement son dîner : « la réunion des trois Ordres », et, de fait, il y avait là du clergé, de la noblesse et du tiers. On y était très cordial et de très bonne humeur.

Il est vrai que, dans cette petite ville du Saint-Sauveur d'alors, il y avait plus de bonhomie qu'à Valognes, ville voisine à quatre lieues de là, où, pour peu qu'on fût un peu noble, on se croyait un paladin de Charlemagne, et où l'on vous aurait demandé vos lettres de noblesse, pour vous inviter à dîner.

Et ce que je vous conte là était si vrai, qu'à ce dîner, où les coudes n'avaient pas horreur de se toucher les uns les autres, il y avait justement entre la marquise de Limore, la plus foncée en aristocratie des femmes qui étaient là, et le marquis de Pont l'Abbé, d'une noblesse aussi vieille que son pont, un convive, de gaillarde et superbe encolure, paysan d'origine très normande, mais qui s'était décrassé et qui était devenu un très authentique bourgeois de Paris. Il étalait alors son gilet de piqué blanc entre cette marquise et ce marquis, comme un écusson d'argent entre ses deux supports, dont l'un, à dextre, la marquise, faisait la licorne, et l'autre, à senestre, le marquis, faisait le lévrier ! Ce bourgeois de Paris en villégiature à Saint-sauveur, y venait promener tous les ans ses loisirs ; car il avait les loisirs d'une fortune faite, qu'il aurait volontiers défaite, pour le plaisir de la refaire. Il s'ennuyait. Il avait la nostalgie du commerçant qui a vendu son fonds : une maladie spéciale.

C'était, en effet, un ancien commerçant, et, le croirait-on ? un épicier ! Mais c'était de la haute épicerie.

Il avait été l'épicier de Sa Majesté Napoléon, Empereur et Roi, dans les plus beaux temps de sa gloire, et sa boutique, qui s'en est allée avec les autres maisons de la plate du carrousel, avait, dix ans, regardé, sans sourciller, en face, le palais des Tuileries, qui, lui aussi, s'en est allé ! cet impérial épicier, qui ne se serait, certes ! pas donné pour le premier moutardier du Pape, et qui était assis et. se prélassait et se gorgiassait à la table du comte du Lude, comme un Turcaret bon enfant, n'avait, du reste, ni le nom, ni le physique d'un épicier. Il se nommait d'un nom de général. Il s'appelait Bataille. La Providence, qui se permet parfois ces plaisanteries, ayant prévu l'empereur Napoléon, avait trouvé spirituel d'appeler l'homme qui lui vendait son sucre et son café :

Bataille. Voilà pour le nom ! Mais elle avait eu encore une autre fantaisie, la Providence ! c'était d'avoir fait d'un épicier un des plus beaux hommes d'un temps où presque tous les hommes étaient si fièrement beaux, et que David et Géricault nous ont peints, pour l'humiliation de notre âge... On l'appelait, parmi les cuisinières : « le bel épicier du Carrousel ». Il avait la tournure de son nom. Sa prestance était si militaire, que pendant l'Empire, quand il sortait du café de l'angle de la rue Saint-Nicaise où il avait passé la soirée à jouer au domino, et qu'il avait mis sur sa tête le claque que tout le monde portait alors, et sur ses larges épaules son grand manteau, galonné d'or au collet, les sentinelles de l'arcade des Tuileries lui portaient les armes comme à un général, et il leur rendait le salut comme un général, avec un impayable sérieux et une emphase militaire qui faisaient le bonheur de ses amis. Pendant une minute, il était vraiment général ! mais il se retrouvait bien vite épicier. Il l'était de cerveau, un cerveau qui n'avait pas une idée quelconque à son service, ce qui expliquait sa belle santé, à plus de soixante ans, et quoiqu'il dît souvent, en fermant les yeux comme s'il se retirait en lui-même, les mains jointes sur son estomac, avec une expression indicible : « Je donne le bal à mes pensées ! »

Quel bal ! et quelles danseuses ! Malgré cette vacuité cérébrale, il était fin comme un Normand, sous un drôle d'air niais qu'il savait prendre, sans doute pour plaisanter ; car ce singulier homme, qui joignait le prénom de Gilles à son nom de Bataille, n'en était pas un. Il avait, pendant l'Empire, rendu beaucoup de petits services aux hobereaux de sa province, pour lesquels il s'était montré toujours respectueux, et qui lui achetaient ses cornichons par compatriotisme et par reconnaissance. Quelques-uns même d'entre eux lui remirent, parfois, des placets et des pétitions, parce qu'ils lui croyaient des relations avec le Palais ; mais toutes ses relations étaient Moustache, le cocher, et Zoé, la Négresse de Joséphine. La chute de l'Empire, dont il avait vécu, n'avait pas entraîné la ruine de sa fortune. En 1814, il avait abdiqué sa boutique, comme Napoléon son empire, mais ce Napoléon de la haute épicerie n'eut point, comme l'autre, de retour de l'île d'Elbe, et il mourut sans avoir fait le sien, en 1830, du choléra. . .

Tel était le personnage original que le hasard et les Révolutions avaient placé en face de Mme de Ferjol, à la table du comte du Lude. Il s'y tenait dans ce qu'il appelait : « son grand uniforme »; car, se sachant beau, il avait toute sa vie mis en valeur par la toilette cette beauté qui subsistait encore. De fait, à le bien considérer, c'était un magnifique vieillard, relativement très jeune, très souple et très solide, et qui aimait à rappeler son inentamable solidité avec une fatuité hypocrite, quand il montrait d'un air qui mendiait la pitié un pouce très agile et qui se portait très bien, mais qu'il disait être resté paralysé depuis l'explosion de la Machine infernale, qui l'avait jeté, racontait-il, par la fenêtre du petit café de la rue Saint-Nicaise, au premier, où il lisait tranquillement le journal, et précipité absolument fou jusqu'à Chaillot, d'où il se fit ramener à sa femme, qu'il trouva sans connaissance dans les mains du docteur Dubois, lequel lui extrayait des seins les vitres brisées de sa boutique. C'était là même une de ses plus belles histoires ! Le pauvre paralysé, comme il s'appelait en riant, le pauvre explosionné, avait mis ce jour-là, pour faire bonheur à son amphitryon, un habit bleu à boutons d'or qui moulait son torse d'Hercule, avec la culotte de Casimir blanc, les bas de soie à larges côtes, et ces souliers fins à haut talon aimés de l'Empereur, et qu'il portait toujours quand il était débotté... Gilles Bataille, que les nobles de province qui le recevaient chez eux appelaient un peu trop familièrement : « le père Bataille », car il n'avait rien d'un papa, reluisait d'une propreté anglaise qui sentait bon, comme le linge d'une femme.

Il avait été blond, de ce blond qui rappelle l'origine scandinave de nous autres Normands, à ce qu'il paraissait, non plus à ses cheveux qui étaient blancs comme l'aile de l'albatros et qu'il portait très courts (à la mal content, comme on a dit depuis), mais au rose d'un teint qui n'était ni couperosé, ni fatigué, ni frelaté. Son regard, gai et bleu, vous atteignait de dessous une paupière épaisse et un peu lourde, qu'il clignait comme s'il se fût moqué de ce qu'il disait et qu'il vous eût associé à sa moquerie. Ce à quoi sa vanité tenait le plus dans toute sa personne, c'étaient ses dents, qu'il soignait comme jamais femme n'a soigné les perles de son écrin, et qu'il montrait sans rire, pour le plaisir silencieux de les montrer. Il était venu, à ce dîner du comte du Lude, sa canne haute sur l'épaule comme un fusil (ce qui était sa manière habituelle de porter sa canne : un jonc indien), et quand il l'eut laissée dans un angle du corridor, il était entré dans le salon, tenant avec les deux mains son chapeau, comme un amoureux de l'ancien Opéra-Comique chez son bailli, et il avait salué l'assemblée avec une niaiserie de paysan, qui n'était peut-être pas sincère ; car cet homme qui s'appelait Gilles, aimait parfois à jouer aux Gilles... Il connaissait depuis longtemps Mme de Ferjol, devant laquelle il dînait, et dont il était trop léger pour comprendre la profondeur. Pour lui, tout ce qui passait sa portée, il le traitait sans façon, et non sans mépris, de « manies ». Ce sont des manins, disait-il avec l'accent normand le plus allongé et le plus prononcé. Mais quand il s'agissait de Mme de Ferjol, la femme noble tenait le vilain en respect. On ne peut pas dire qu'il eût mauvais ton ; il n'avait pas de ton.

Où l'aurait-il pris ? Est-ce à vendre des milliers de petits verres aux cuisinières des maisons riches qui venaient chez lui faire leur provision de thé ou de chocolat, dès six heures du matin ? « À huit heures, j'avais fait ma journée », disait-il avec orgueil.

C'était, en fait de ton, un homme de l'ignorance de M. de Corbière, qui mettait son mouchoir taché de tabac sur le bureau de Louis XVIII. Lui, n'eût pas mis le sien un foulard, passé au benjoin, sur la table du comte du Lude ; mais dès le commencement du repas il y avait mis sa tabatière, qui était en chagrin, à miniature très fine : le portrait de son fils, en costume d'enfant, de velours bleu, tenant dans sa main, sans en jouer, une trompette d'or, et qui avait le nez aussi en trompette, ce qui faisait deux trompettes ! son fils, un exécrable môme, qui ne ressemblerait jamais à son père et qu'il appelait agréablement : « Bataillon ! » Or, ce fut justement à cause de cette diable de tabatière, passée à l'un des convives qui avait demandé à en voir de près le portrait, que le marquis de Pont l'Abbé avisa, au petit, doigt de la main qui la passait devant lui, une émeraude, qui lui donna dans l'oeil.

« Il faut que vous soyez fièrement coquet, maître Bataille, pour oser vous permettre de porter une bague de cette beauté et de ce prix-là, dit le marquis de Pont-l'Abbé, scandalisé de voir un tel bijou à une main qui avait pesé des épices. Mais voyons donc !

Où diable, Bataille, avez-vous pris cette merveille-là ?

– Ma foi, dit rondement et gaiement le Gilles Bataille, vous ne devineriez jamais où je l'ai prise, et je parierais cinquante mille écus, comme disait La Mayonnet de Grand-ville, contre vingt-cinq louis, que vous n'êtes pas capable de le deviner.

– Allons donc !... fit. le marquis de Pont-l'Abbé, incrédule.

– Eh bien, essayez pour voir ! » repartit Bataille.
Mais le vieux roquentin de marquis, qui s'était recueilli une minute et

avait cherché mais n'avait pas trouvé probablement une chose assez honnête pour la dire devant cette redoutable dévote de Mme de Ferjol, qui, du
reste, ne les écoutait pas, ne les entendait pas, de l'autre côté de la table,
dans le rongement éternel du cancer qui lui mangeait le cœur...

– Eh bien ! – fit, après le silence du marquis, Gilles Bataille, – je l'ai
prise au doigt d'un voleur ! Je lui ai rendu la monnaie de sa pièce. Le
voleur a été volé. C'est une chose curieuse. En voulez-vous l'histoire ?

– Oui ! dit le comte du Lude, dites-nous-la, Bataille. Cela nous aidera à
faire passer ce Chambertin. »

## XII

– Écoutez donc mon histoire, qui est une histoire de voleurs, – et qui
remonte à haut, dit Gilles Bataille, car l'Empereur n'était pas encore
l'Empereur, dans ce temps-là, ni moi son épicier, – ajouta-t-il avec un
reste de fierté impériale ; car l'Empire était si grand qu'il donnait de la
fierté même aux épiciers ! Nous étions donc sous Barras, qui avait pris
avec lui Fouché pour sa police. C'était déjà l'homme qu'on a vu plus tard,
quand il fut ministre sous l'Empereur ; mais, dans ce temps-là, ce terrible
Fouché, placé entre les Jacobins et les Chouans, comme entre deux tirants
de Sainte-Apolline, qui tiraient chacun de leur côté, ne pouvait pas s'occuper, quand le diable y aurait été, et il y était ! d'une autre police que de
l'infernale police politique du moment, et le Gouvernement passait avant
Paris ! Or, vous, Messieurs, qui viviez alors en province ou en émigration,
vous ne pouvez pas avoir une idée de Paris dans ce temps-là, du Paris du
lendemain de la Révolution, dans lequel elle grouillait encore. Ce n'était
plus une capitale. Ce n'était plus une ville. C'était une caverne. C'était
une forêt de Bondy. On y assassinait à la nuit, comme on y couchait à la
nuit. Les rues sans réverbères la Révolution en avait fait des potences !
n'étaient éclairées que dans le quartier du Palais-Royal. Il y fourmillait
dans les ténèbres un tas de coquins et de scélérats. C'étaient partout de

noirs coupe-gorge. On n'y passait qu'armé jusqu'aux dents, ou plutôt on n'y passait plus.

« Eh bien, une nuit de cet affreux temps-là (j'habitais alors à l'angle de la rue de Sèvres, dans une boutique dont je regarde toujours avec intérêt, quand je passe par là, les barreaux de fer de la devanture, et vous allez savoir pourquoi !), une nuit que j'avais fermé de bonne heure et que je dormais dans une chambre en haut de ma boutique, un bruit singulier me réveilla. C'était un bruit comme de quelque chose qu'on scie, et je me dis : «Il y a des voleurs en bas «, et je réveillai mon garçon de magasin qui dormait dans sa soupente, et nous descendîmes tous deux, nos rats-de-cave à la. main... Eh ! je ne m'étais pas trompé, c'étaient des voleurs : Ils étaient, en ce moment, occupés à scier le volet, dont ils avaient coupé grand comme deux fois un fond de chapeau quand nous arrivâmes ; et, par ce trou fait dans le volet, une main était hardiment passée et avait empoigné un des barreaux de la devanture, et s'efforçait de le desceller. On ne voyait que cette main... L'homme à qui elle appartenait était caché par le volet et il n'était pas seul ; car j'entendais derrière le volet, chuchoter plusieurs personnes qui parlaient très bas.

Alors, j'eus une idée ! Je clignai de l'oeil à mon garçon, un garçon d'ici, de Benneville, que j'avais chez moi, un fort gars et pas manchot, comme vous allez voir, et qui me comprit ; car il sauta sur la main que je lui montrai et qu'il saisit avec les deux siennes, deux éclanches de mouton ! qui devinrent un étau et une pince pour cette main, que je liai, moi, fortement, au barreau, de fer, avec une corde prise sous le comptoir.

« Tu ne travailleras plus, ma belle ! » dis-je gaiement.

Le bandit était agriffé, et je me réjouissais déjà in petto de voir la bonne figure qu'il ferait le lendemain, au grand jour. « Allons nous coucher ! » fis-je à mon garçon, et nous remontâmes, moi, dans mon lit, lui, dans sa soupente. Mais, au lit, je ne dormis pas bien...

J'écoutais, malgré moi, toujours. Au bout d'un certain temps, il me sembla entendre des pas qui s'éloignaient. Je n'osais mettre le nez à la fenêtre ; les brigands auraient très bien pu m'envoyer un coup de feu par la figure, et il n'en eût été que cela. Je tenais à mon miroir à demoiselle, dit-il en souriant avec coquetterie de ses belles dents toujours jeunes qu'il montra. Et, d'ailleurs, je me dis que le lendemain j'aurais ma vengeance, et, dans cette douce pensée, je m'endormis. » Il avait produit son intérêt, cet épicier ! parmi tous ces aristocrates très bien élevés qui l'entouraient. Ils l'écoutaient, ils le regardaient, et ils ne souriaient plus de cette belle tête dont ils enviaient peut-être la beauté, et de ces boucles d'oreilles que Gilles Bataille avait ridiculement gardées de sa jeunesse et qui les vengeaient de sa belle tête, en lui donnant l'air d'un vieux postillon.

« Mais, le lendemain, il fallut déchanter, Messieurs, reprit Gilles Bataille. Vous comprenez tous, n'est-ce pas ? que je m'éveillai de bonne heure et que mon premier regard, quand je descalai dans ma boutique (Bataille constellait tout ce qu'il disait des anciens mots de son patois), fut pour cette diable de main. Je savais bien qu'elle était liée à répétition, et qu'elle n'avait pas pu bouger ; je l'avais cordée en conséquence ! Mais quel ne fut pas mon étonnement !... Au lieu de la trouver, comme je le croyais, gonflée, tuméfiée, violacée, presque noire par le fait de l'étranglement de cette rude corde dont je l'avais liée et que je lui avais fait entrer dans les chairs à force de la serrer, je la trouvai sans gonflement et pâle comme s'il n'y roulait pas une goutte de sang.

Elle en semblait épuisé e, et elle était molle et blanche comme la main d'une femme... Aussi, ne m'expliquant rien. et voulant m'expliquer tout, j'ouvris frénétiquement la porte de ma boutique et je regardai. À la place de l'homme que je croyais trouver là, il y avait une mare de sang... » Ce n'était pas un éloquent, que Gilles Bataille. Cet homme qui avait été un petit pâtre de la lande de Taillepied, dans son enfance, faisait en parlant des pataquès que j'ai supprimés. Il disait d'habitude la petite pour l'appétit et nombril d'amis pour nombre d'amis, et il croyait même que cela s'orthographiait ainsi. Mais il eût été éloquent, qu'il n'aurait pas produit plus d'effet, ma parole d'honneur !

Ils ne pensaient pas à lui, ceux qui, l'écoutaient, ils pensaient à ces voleurs qui avaient coupé le poignet à leur complice et qui l'avaient emporté.

« De fiers hommes tout de même ! dit Kerkeville ; qui était homme à en faire autant, car il était énergique.

« Je rentrai dans ma boutique, reprit Bataille, et je regardai longtemps cette main, sciée à l'avant-bras, probablement avec la scie qui avait servi à scier le volet. J'étudiais cette curieuse main, qui n'avait pas l'air, je vous jure ! d'être la main d'un goujat ; et c'est alors que je vis une bague dont la pierre avait glissé du côté de l'intérieur du doigt qui avait pris la barre de fer, et cette pierre, monsieur le marquis de Pont l'Abbé, c'est l'émeraude que vous tenez là. Elle est vraiment trop belle pour moi, j'en conviens. Aussi je ne la porte pas tous les jours, mais quelquefois, et seulement dans la pensée que je rencontrerai peut-être, qui sait ? un hasard ! la personne à qui elle a été volée et qui à son tour m'aiderait peut-être à reconnaître le voleur. » Il avait fini son histoire, le Gilles Bataille, et il avait entassé sous elle les mauvaises plaisanteries du vieux Pont-l'Abbé. Il l'avait coupé, comme disent les Anglais. Tous (ils étaient bien une vingtaine à ce dîner que le comte du Lude avait appelé : « la réunion des trois Ordres »), tous curieux. et épris de cette émeraude qui avait une histoire, ils la demandèrent pour la voir de plus près et ils se la passèrent de main en main, et elle fit le tour de la table. Elle arriva enfin au voisin de gauche de Mme de Ferjol, qui était le Père abbé d'une Trappe qui s'établissait, à cette époque, dans la forêt de Bric-quebec, et qui depuis l'a défrichée. On sait que les abbés de la Trappe n'étaient pas tenus à la règle du silence, comme les autres trappistes. Ils portaient la mitre de laine et la crosse en bois, et ils allaient immédiatement après les évêques dans les Conciles ; autorisés d'ailleurs à sortir de leur cloître, quand il était nécessaire, dans les intérêts de leur communauté. Le Père Augustin s'en allait à la Trappe de Mortagne, et, comme il passait par Saint-Sauveur, le comte du Lude l'avait prié à dîner pour faire honneur à la baronne de Ferjol, la sainte de la contrée, et, à sa table, il l'avait placé à côté d'elle...

De cette vingtaine de personnes, il n'y avait maintenant que le Père Augustin et la sombre Mme de Ferjol qui fussent indifférents à cette émeraude qui faisait son petit voyage circulaire, et, sans la regarder, le Père Augustin la prit des mains du comte de Kerkeville, son autre voisin, et la tendit à Mme de Ferjol avec la gravité d'un homme qui fait, malgré lui, une chose légère. Mais madame de Ferjol, plus grave encore que lui, ne la prit pas. Seulement, ses yeux, hautainement distraits, par hasard tombèrent sur l'émeraude, et, comme frappée d'une balle, elle poussa un cri et tomba raide sans connaissance.

Elle venait de reconnaître la bague de son mari qu'elle avait donnée à Lasthénie.

Le coup qui la frappait encore produisit un coup d'étonnement sur les conviés du comte du Lude qui égalait peut-être le sien, mais la fascination de respect – de respect un peu tremblant devant sa rigidité – qu'exerçait cette femme était si grande, que personne de ceux qui l'avaient vu ne parla depuis de l'évanouissement de madame de Ferjol. Sur cet évanouissement subit qui faisait bien l'effet de cacher quelque drame, les langues furent liées et demeurèrent liées. Rentrée à Olonde, le même soir, après être revenue de cette pâmoison qui dura longtemps, elle se remit à regarder dans ce cancer béant qu'elle avait au cœur, et dans lequel elle avait mis le linge blanc de tant d'inutiles compresses qu'elle en avait retirées toujours sanguinolentes. Elle y vit avec horreur cette crevasse nouvelle que sa fille, la fille d'un Ferjol, pourrait bien avoir aimé un voleur, – un voleur qui avait laissé la main qui le commettait dans la moitié de son crime. Non seulement le cancer ne s'arrêtait jamais, mais il se creusait toujours, et ce n'était pas comme dans un de nos cancers de la chair, à qui on donne un morceau de viande à dévorer pour qu'il nous laisse tranquilles, quelques instants, de ses morsures. « Cela ne finira donc jamais, Seigneur ? dit-elle. Il faudra donc, mon Dieu, qu'elle soit inépuisable, cette angoisse ? » et avec le geste tragique de toute sa vie, qui lui faisait s'arracher, à poignées, sur ses tempes creuses, ses cheveux qui repoussaient toujours, elle se jeta aux pieds du crucifix, elle-même crucifiée, quand Agathe, sa suivante de douleur, Agathe qui avait quatre-vingt-cinq ans, et qui, si l'on vit de douleur, pouvait bien mourir centenaire, entra et lui dit de sa voix de spectre :

– C'est le Révérend Père abbé de la Trappe de Bricquebec qui demande à voir madame.

– Qu'il entre ! dit madame de Ferjol.

## XIII

Madame de Ferjol avait encore un de ses genoux sur le prie-Dieu d'où elle se levait ; quand le Père Augustin entra. Il la salua avec respect ; mais il était évident qu'il était ému, ce religieux grave et fort et dans le milieu de la vie, et qu'en venant à Olonde, avec cette hâte inopinée, il y venait sous l'injonction d'un grand devoir.

– Madame, dit-il sans préambule, en restant debout, malgré le signe qu'elle lui fit de s'asseoir, – je viens vous apporter la bague qui vous appartient et qu'hier vous avez reconnue, et vous dire le nom, – ajouta-t-il avec une triste solennité, – de l'homme... qui l'a perdue, avec sa main. Un petit tremblement prit Mme de Ferjol à ces paroles, et le moine lui tendit la bague, qu'elle ne prit pas... Il lui aurait été, à ce moment, impossible de toucher et à cette bague profanée et souillée, dix fois profanée et souillée et prise à la main, coupée d'un voleur ! « Le nom !... dit-elle, surprise et balbutiante.

– Oui ! Madame, interrompit le moine, le nom de l'homme qui a fait le malheur de votre vie et que vous avez dû bien des fois maudire, le nom de cet homme qui s'appelait, en religion, le Père Riculf, de l'ordre des capucins, hébergé chez vous pendant tout un Carême, il y a, tout à l'heure, vingt-cinq ans. » À ce nom, Mme de Ferjol devint pâle comme si elle allait mourir, mais elle ramassa son âme énergique pour faire la question, la terrible question d'où dépendait toute sa vie :

« N'avez-vous que cela à m'apprendre, mon Père ?

– dit-elle, en le regardant de ses yeux profonds, de ces yeux sous lesquels Lasthénie, la pauvre Lasthénie, avait toujours baissé les siens.

– J'ai tout à vous apprendre, Madame ; car il m'a tout raconté, réconcilié avec Dieu, sur la cendre où meurt notre ordre et où il est mort, et il a déclaré, il y a à peine quelques jours, sur le crucifix que je lui faisais baiser, à cette heure suprême, qu'il a été le seul coupable et que votre fille était innocente de son crime.

– Alors, oh ! alors, c'est moi..., dit Mme de Ferjol, qui fut traversée d'un éclair qui lui fit voir, en sa lueur rapide, toute sa vie.

– Ce n'est pas à moi de vous juger, Madame, interrompit le trappiste avec une incomparable dignité. Je n'ai à vous annoncer que cette bonne nouvelle pour une âme aussi pieuse que la vôtre : c'est que votre fille était innocente ; c'est que l'Ange invisible que Dieu a mis à nos côtés, l'Ange gardien de sa vie, a pu toujours rester aux siens et la regarder de ses yeux purs et immortels. » Il s'arrêta, étonné que la joie de ce moment n'inondât pas l'âme de cette femme pieuse. Il ne pensait pas au remords qui entrait, du même coup, dans cette âme profonde, le remords d'avoir cru Lasthénie coupable ; et, sous cette erreur, de l'avoir si lentement et si tragiquement fait mourir.

« Oh ! mon père, mon père, dit Mme de Ferjol, la bonne nouvelle vient trop tard ! C'est moi qui ai tué Lasthénie. L'homme, le prêtre, au péché de qui je n'ai jamais voulu croire et qui a fait pis que de la tuer, ne l'avait pas tuée, en la prenant dans ses bras sacrilèges. Il ne l'avait que souillée et flétrie, mais il me l'avait laissée à tuer, et je l'ai tuée ! J'ai achevé par la mort de ma fille le crime qu'il avait commencé. » Elle resta la tête basse après avoir dit cela. Elle s'était jugée... Le prêtre voyait bien qu'intérieurement elle se déchirait...; et il eut pour elle la pitié qu'elle n'avait pas eue pour Lasthénie. Il s'assit, et il lui parla avec une charité divine. Il lui dit que ce qu'elle souffrait était de trop ; qu'elle était la victime d'une erreur dont il était impossible qu'elle ne fût pas la victime ; et alors il lui raconta le crime de Riculf. Dans ce temps-là, la science, devenue maintenant populaire, n'avait que des observations superficielles et inexactes sur des faits mystérieux, à présent avérés, mais dont elle ne sait encore qu'une seule chose, c'est qu'ils existent. Lasthénie était somnambule comme lady Macbeth... mais Mme de Ferjol n'avait peut-être pas lu Shakespeare. Or, c'est dans un de ces accès de somnambulisme, ignorés tant ils étaient rares ! de Mme de Ferjol et d'Agathe, que le Père Riculf l'avait surprise, une nuit, sortie de sa chambre et assise dans le grand escalier, endormie là, où elle avait passé tant d'heures dans son enfance, éveillée et rêveuse, et que, tenté par le démon des nuits solitaires, il avait accompli sur elle ce crime dont la malheureuse enfant n'avait pas eu conscience dans l'ignorance de son sommeil, et dont, seul, il devait répondre un jour devant Dieu. Seulement, pourquoi, le crime consommé, lui avait-il dérobé sa bague ? Était-il déjà le voleur qui devait être un jour le voleur à la main coupée qu'il était devenu ? Question sans réponse ! On se perd dans ces gouffres de mystère qu'on appelle la nature humaine. Les somnambules donnent quelquefois des bagues, et cela ne prouve rien. Pour ma part, j'en ai connu une (une jeune fille) qui avait donné la sienne à un homme coupable du même crime que Riculf sur Lasthénie, et qui avait volontairement épousé l'effroyable fiancé de son sommeil, quoique avec une horreur invincible... Ne voulant pas avoir à rougir devant cet homme, la noble fille était morte après des années, mariée, en lui gardant une épouvantable fidélité.

Mme de Ferjol, qui n'avait jamais entendu parler de somnambulisme dans sa solitude des Cévennes, resta stupéfaite au récit de l'abbé de la Trappe. Elle était médusée par le crime de cet homme-fléau qui avait passé dans sa vie et celle de sa fille comme un vampire, et qui, de la monstruosité tombant dans l'ignominie, avait fini par cette vileté d'être un voleur.

Ici, la femme de race revint du fond de la mère indignée, et l'idée, l'abjecte idée du voleur, lui sembla plus insupportable à admettre que le crime même sur Lasthénie, consommé lâchement pendant le sommeil. Elle douta un instant de cette dernière turpitude, qui lui souillait deux fois sa fille. Mais l'abbé de Bric-quebec lui dit que la main coupée était bien la main du capucin Riculf, et que le malheureux, en effet, avait été réellement un des premiers bandits du siècle. Quand Agathe l'avait rencontré descendant les marches de cet escalier qui avait vu son crime, et laissant derrière lui le grand calvaire placé à la sortie du bourg, il était allé à tous les vices ! Ils cuisaient alors dans la chaudière où la Révolution bouillait, prête à déborder sur le monde. C'était l'heure où l'Eglise elle-même avait besoin de persécution, et de se retremper dans le sang des martyrs. Quand Riculf sortait, par un crime, de son ordre, chabot, le capucin de la Révolution, en sortait peut-être aussi... Mais Riculf avait cette supériorité sur Chabot, qu'il s'était repenti, plus tard.

Après des années d'une vie de forfaits, il était arrivé, un soir, à la Trappe de Bric-quebec, dans le plus affreux désespoir, montrant un de ces repentirs qui ne prennent que les âmes puissantes... « Si vous me chassez, dit-il à l'abbé, vous me renverrez à l'Enfer d'où je sors ! » « Et moi et mes frères, dit l'abbé à Mme de Ferjol, nous nous souvînmes que la Trappe, c'est le refuge des criminels qui ne sont pas punis par les hommes, et nous ouvrîmes les portes de la nôtre à celui-ci et nous les fermâmes sur lui contre la justice du monde, au nom de la bonté du Ciel ! Le Père Riculf était une de ces âmes qui, en rien, ne connaissent de limites. Il a vécu des années parmi nous dans la plus expiatrice des pénitences. . .

– Et il est mort comme un saint, n'est-ce pas ? » interrompit Mme de

Ferjol, révoltée, et en éclatant de la plus amère des ironies.

Mais se reprenant, et d'un ton moins insultant :

« Mon père, dit-elle, pouvez-vous croire qu'un pareil homme puisse jamais entrer dans le Ciel ?...

– Du moins, dit le miséricordieux prêtre, il a vécu des années et il est mort comme quelqu'un qui veut y monter.

– S'il est au Ciel, je n'en voudrais pas avec lui ! » dit Mme de Ferjol avec une obstination devenue un entêtement aveugle et presque de la rage.

Le doux prêtre fut blessé au plus profond de sa charité, mais il n'abandonna pas l'impitoyable femme. Il revint plus d'une fois la voir à Olonde. Il aurait voulu ramener à des sentiments plus chrétiens cette âme, si religieuse par la foi. Mais il ne pouvait pas. Cette âme résistait. Une haine, née du ressentiment que de savoir sa fille innocente avait augmentée, pour l'homme du crime, comme elle l'appelait, confisquait à son profit les autres sentiments de son âme. Dieu avait pardonné peut-être, mais elle, non !

Elle ne pardonnerait pas. Elle ne voulait pas pardonner. Sa haine devint une possession. Elle fut la possédée de sa haine. Rien n'y put de ce que lui dit l'abbé Augustin qui s'efforçait d'introduire dans cette âme violente et ulcérée l'huile adoucissante que le bon Samaritain fit couler dans les blessures de l'homme de l'Évangile qui « descendait de Jérusalem à Jéricho.

– Mme de Ferjol opposait inflexiblement aux paroles de l'abbé et à tout, l'idée de cet outrage fait à l'hospitalité trahie par ce prêtre, qu'elle appelait un Judas ; et même, un jour, cette haine féconda un affreux désir (chose étrange et que toutes les âmes passionnées comprendront). Il se dégagea de sa haine une horrible curiosité qu'elle savait pouvoir satisfaire...

Elle qui n'ignorait rien des choses religieuses, elle savait que les trappistes, qu'on enterre sans cercueil, la face découverte, restent exposés dans leur tombe, où, tous les jours, chacun des leurs vient jeter sa pelletée de terre jusqu'à ce qu'ils en aient cette suffisance de six pieds d'argile qui nous suffit à tous, hélas ! Eh bien, elle voulut voir encore une fois ce Riculf abhorré, et repaître ses yeux du spectacle de son cadavre ! La haine est comme l'amour. Elle veut voir... « Il n'y a pas se dit-elle si longtemps qu'il est mort. Les Bienheureux n'ont pas une figure comme les autres hommes. Quand on ouvre la terre ou le cercueil qui les renferme, on leur trouve des figures reposées et quelquefois rayonnantes qui disent qu'ils sont morts dans la bonne odeur du ciel. Je verrai donc si le scélérat, qui a fait peut-être dupe de son repentir l'abbé Augustin comme il m'avait fait dupe de sa sainteté, a la face d'un Bienheureux. » Et, sans le dire à la vieille Agathe, elle s'en alla à Bric-quebec un jour. Les femmes n'entrent jamais chez les trappistes, sinon à certains jours de fête et dans leur église seulement, mais leur cimetière, placé dans un champ à côté de leur monastère, est ouvert à tout le monde. Y passe qui veut, et elle y entra.

Elle trouva sans peine la fosse qu'elle cherchait. Le cimetière était désert, et la fosse du dernier trappiste décédé, creusée dans les hautes herbes, était bien la fosse de Riculf. Elle s'en approcha jusqu'au bord et regarda dedans avec ces yeux que la haine a comme l'amour, ces yeux qui dévorent tout, et elle vit le mort dans le fond de sa fosse. Malgré les pelletées de terre éparpillées autour du visage, et dont le plus grand nombre avait porté sur la partie inférieure du cadavre, on voyait encore la face d'un homme. Ah ! elle le reconnut, malgré cette barbe qui avait blanchi, et ces yeux sans regard que les vers rongeaient déjà dans leurs orbites. Elle enviait le sort de ces vers...

Elle aurait voulu être un de ces vers... Elle reconnut cette bouche audacieuse qui l'avait tant frappée dans les Cévennes, et dans laquelle Dieu lui-même avait écrit, de sa main, qu'il fallait se défier de cette bouche terrible. Elle é tait debout devant cette fosse, la contemplant, oubliant les heures, plongée des yeux dans ce trou où allait pourrir l'homme de sa haine, comme le soleil d'une soirée d'été plongeait à l'horizon... Elle l'avait dans le dos, ce soleil, et sa grande ombre à elle tombait dans la fosse, allongée par ce soleil qui se couchait en rougissant ses vêtements noirs de ses rayons. Tout à coup, une autre ombre s'allongea près de la sienne, et une main se posa sur son bras. Elle tressaillit. C'était l'abbé Augustin.

« C'est vous, Madame ? fit-il, plus grave qu'étonné.

– Oui ! dit-elle, avec une profondeur d'accent qui le fit frémir ; j'ai voulu en régaler ma haine !, Oh ! Madame, dit le prêtre, vous êtes une chrétienne, et ce que vous dites n'est pas chrétien, Venir regarder un mort dans sa tombe avec les yeux de la haine, c'est le profaner, et on doit le respect aux morts.

– À celui-là, jamais ! fit-elle. J'avais tout à l'heure envie de descendre dans sa tombe pour le fouler sous mes talons !

– Pauvre femme ! dit le prêtre ; elle mourra dans l'impénitence finale de sentiments trop absolus pour la vie.

Et, en effet, elle mourut à quelque temps de là, dans cette impénitence sublime que le monde peut admirer, mais nous, non !